AF219769

Nachtschatten

Michael Ockert

Kurzprosa

Bibliografische Information der Deutschen
Nationalbibliothek:
Die Deutsche Nationalbibliothek verzeichnet diese
Publikation in der Deutschen Nationalbibliografie; detaillierte
bibliografische Daten sind im Internet über http://dnb.dnb.de
abrufbar.

Herstellung und Verlag: BoD – Books on Demand,
Norderstedt

ISBN: 978-3-7578-0409-1

für Karin

Inhalt

SCHNUPPEN

Hallo, hier Wiese

Petra und Titus nahmen ihre Laptops und gingen in den Besprechungsraum.

„Gestern habe ich Thunfisch im eigenen Saft ins Essen gemacht. Da hätte ich auch Küchenkrepp reintun können, so geschmacklos war das. Hast du die Einwahlnummer?" fragte Petra, während sie die Glastür hinter sich schloss. Die hellen, sehr dünnen, ausgefransten Haare zwischen grau und blond, eigentlich mehr grau, fielen auf ihre Schultern, eine olivgrüne Strickjacke. Der kleine Raum roch nach blaugrauem Teppichboden.

„Klar habe ich die. Ist doch meine." Titus war ein Schlacks mit kraftvollem, federndem Gang. Etwas längere, dunkelblonde, ein wenig fettige Haare. Am Po hing die Jeans weit herunter, da, wo eigentlich kein Po war.

„Dann brauche ich mich selbst gar nicht einzuwählen. Wir sind ja zusammen." Petra nickte ihm kurz zu und schloss energisch ihren Laptop. Der Tonfall machte klar, wer das Sagen hatte. Seine schmalen Lippen verformten sich zu einem zerknirschten Lächeln.

„Wie lange ist Matthias nicht mehr dagewesen? Wochen? Monate?" meinte sie schon zu beiläufig.

„Er kann doch nichts dafür", murmelte Titus.

„Er soll auch ruhig was arbeiten für sein Geld," war ihre bissige Antwort. „Für uns ist die Arbeit dadurch nicht weniger geworden."

„Da bin ich bei dir. Bin gespannt, wie lange er sich noch durchmogeln kann."

Das Videokonferenz-Programm war schon offen. Nach dem Anklicken wählte es sich über eine kirchentonartige Abfolge von hohl klingenden Tönen ein.

„Ah, Matthias ist schon da."

Der kleine Ausschnitt, der Matthias' Videobild anzeigte, war zwar schwarz, aber darunter stand sein Name. Im Laptop raschelte es, wie wenn man hartes Papier zusammenknüllt.

„Matthias, bist du da?" fragte Petra barsch.

Aus dem Videobild kamen nur kurze, scharrende Geräuschspitzen. Sie stand auf und begann unruhig in dem winzigen Raum herumzulaufen.

„Ich hab's gewusst. Warum fragen wir ihn überhaupt? Er wird sowieso..."

„Hallo, seid ihr da?" Matthias helle Stimme drang von Kratzern getränkt durch die Leitung.

„Jetzt schalt mal dein Bild ein!" Titus' Stimme klang gereizt.

„Ich hab's doch angemacht. Seht ihr mich nicht? Ich kann euch sehen. Soll ich euch heranzoomen?"

„Neien!" Petra macht eine virtuelle Würgebewegung mit den Händen. Ihr hageres Gesicht sah schlagartig noch ausgemergelter aus. „Also lass es uns kurz machen. Das Geschenk für Harald haben wir ja schon ausgemacht. Eine Flasche Rotwein im Südlandhaus. Matthias, die wolltest du ja besor..."

Laute, schabende Geräusche aus dem schwarzen Rechteck verschmierten ihre Worte. Kantiges, lautes Geraschel.

„Was? ..ch soll ei.. ..lasche Wein für den Chef ausdruck..?" Matthias Stimme war kaum mehr auszumachen. Dann wieder herauspurzelnde Schallklötzchen. Bis der Lärm und das Rauschen abrupt abbrachen und sich eisige Stille ausbreitete. Zutiefst hohl klang sie, wie wenn sich ein unermesslicher Raum öffnen würde.

„Ihm wird doch nichts passiert sein," murmelte Petra.

„Wo ist er überhaupt? Ich habe Vogelgezwitscher gehört."

Titus erhob sich jetzt auch. Die beiden standen mürrisch vor dem Tisch, die Stühle schräg zur Seite geschoben – vor ihnen der Bildschirm, dessen schwarze Fläche eine tiefe Leere aufgähnen ließ, die unwiderstehliche Sogwirkung ausübte. Plötzlich flackerten darin verwackelte, verzerrte Bilder von einer Wiese auf, über die hohe Eichen wie riesige Pilze locker verteilt standen. Das Bild kippte nach unten, zur Seite, schlagartig wieder nach oben in einen tiefrot bis blaulila verlaufenden Himmel hinter langgezogenen leuchtend orangefarbenen Wolkenschlieren.

Die Anziehungskraft aus dem Bild wurde immer stärker und erfasste mit einer noch nie von ihnen erlebten Sogwirkung ihre Körper, wie ein sehr starkes Ziehen an der Haut im Sturm. Noch hielten sie entschlossen die Rückenlehnen der

Stühle umklammert. Da merkten sie, wie sie unwiderstehlich dort hineingezogen wurden, hineinrutschten in den finsteren Strom von Zahlenkolonnen, Tabellen, Elfenflügeln, Chatdialogen, Stachelbeerbitterkeiten, Bernsteinhypothesen - oder waren es -hypote-nusen - HTML-Adressen, Terpentinverfliegen, Koboldgelächter, Videobotschaften und verschränkten Katzenpfotentapsen und mit all dem zusammen verwirbelt unendlich schnell dahinschossen. Ihre Haut prickelte davon wie von Mineralwasser oder Sonnenbrand.

„Ah, jetzt hab ich's!" strahlte Matthias auf der Holzbank sitzend, während er sein Smartphone vor sich hielt.

„Endlich kann ich euren Besprechungsraum sehen. Aber wo seid ihr?"

Im selben Augenblick kamen Petra und Titus aus der kleinen, blanken Glasfläche herausgepurzelt und kullerten über die Wiese zu seinen Füßen. Verdattert rappelten sie sich auf und starrten ihn ungläubig aus großen Augen an. Matthias schien das gar nicht bemerkt zu haben. Weiter hinten zog eine Joggerin durch das hohe Gras ihre Bahn. Die Melodien der Amseln erfüllten den weiten Himmelsraum. Die ersten Fledermäuse flatterten torkelnd vor dem Licht, das ins Dämmrige abkippte.

Ihr erster Impuls war, sich auf ihn zu stürzen. Aber als sie ihn so dasitzen sahen in seiner schwarzen Lederhose, viel zu knappem Hemd über dem gewölbten, haarigen Bauch, die Beine übereinander geschlagen, einen Arm auf die Rückenlehne der Bank gelegt, den Blick verträumt über der Wiese ruhend, als der Himmel sein Purpurlicht über sie verströmte und der Grasgeruch in ihre Lungen rieselte, da war es, als würde sie ein frischer Hauch durchfahren, der in so unbekannter Weise belebend wirkte, der all ihre Gedanken und Gefühle mit einem Schlag - umpolte.

Das klare, nicht verpixelte Bild schockte sie. Die düsteren Gedanken plumpsten in das hohe Gras und versickerten dort. War das möglich? Sie spürten ein unkontrolliertes Lächeln in den Mundwinkeln, als sie sich zu ihm auf die Bank setzten. Sie wussten auch nicht, warum.

Mondnacht im Tüllkleid

„Wollen Sie nun rein oder raus?" Wer hat das gesagt? Der Junge macht doch einen netten Eindruck. Oder war es eher frech gemeint? Mein Schuh klemmt in der Trittleiste und will nicht heraus. Die Automatiktür faltet sich zu. Die Straßenbahn fährt an.

„Es war nicht meine Schuld", sage ich verlegen, als ich verspätet an den Dozententisch des Klassenraums trete. Die zwei Frauen und der Mann vorne rechts schauen zuerst neugierig, dann genervt, schließlich gelangweilt. Das dauert gerade mal zwei bis drei Sekunden. Wie kann das so schnell gehen? Mein Vortrag: Datenschutz. Ich packe den Laptop aus und merke, dass ich meine Hände nicht unter Kontrolle habe. Aus der Handtasche purzeln Make-up und Nagellackentferner. Auf der Haut bildet sich ein Schweißfilm und das Betriebssystem fährt nicht hoch. Ich versuche, meinen Blick in den linken, hinteren Raumwinkel rutschen zu lassen, um von mir abzulenken. Was mir nicht gelingt.

Nachmittags in der Abteilungskonferenz.
„Wer will den neuen Auftrag übernehmen?"
Ich kann meine Aufregung gerade so verbergen. Genau mein Ding. Endlich könnte ich beweisen, was ich drauf habe. Aber Werner, unser Teamleiter, fixiert schon Pascal. Den jungen Schnösel! Was? kreischt es in mir auf. Nicht den!

„Also..." Bin ich zu zögerlich? Meine Füße sollen aufhören, unter dem Stuhl zu scharren. Das haben sie gemerkt.

„Also Dörthe, du hast doch die Restarbeiten für den Bobenheimer-Auftrag an der Backe. Ich habe den Eindruck, das läuft noch unrund. Willst du nicht erst... Pascal!"

Der Bobenheimer ist doch eigentlich so gut wie fertig! Das einvernehmliche Grinsen zwischen den beiden widert mich an. Längst schauen sie durch mich hindurch. Ein Faustschlag in die Magengrube. Seine Wucht hämmert mich mit dem Rücken an die Wand. Doch sie bietet keinen Halt. Schlimmer noch, sie verschluckt mich. Jeder Knochen, jede Haarspitze werden durch den Druck Stückchen für Stückchen zu Beton - und dem Stahl darin.

Als die Besprechung längst vorbei ist, stecke ich immer noch in der Betonwand fest. Gefangen, eine Libelle in der Harzzunge, die müde nach mir leckt. Es riecht porös, kampfartig hier drin. Ich umfange die Leere des Besprechungsraums mit spröder Verzweiflung, ein plattgedrücktes Metallband, prall von Gewicht, umschließe den Raum als apathischer Ring, der die in den Beton eingegossenen Stahlstäbe verdrossen in sich hineinschlürft.

Dann, aus einer Art unwirklichem Entschluss heraus, schäle ich mich aus der Mauermasse, reiße mich als störrischer, schorfiger Rost ab. Meine Körpermasse stemmt sich als ringförmiges

Eisenband durch die viel zu engen Türöffnungen, zerschlägt sie. Die Etagenwand aus Glas geht unter mir in tausend Splittern zu Bruch - keine Genugtuung. Ich poltere die Treppe hinunter und krache am Haussockel mitten in die Nacht hinein auf die unbelebten Planken, kugle am Rosengarten vorbei hinaus zum Luisenpark. Vorsicht, ihr Blumen!

Was hält mich noch? Ach ja, die lastende Fracht in meiner Mitte, ein wuchtiger, kantiger Sandsteinbrocken, eingefangen und zusammengestampft aus dem Dreck der Welt. Die versteinerte Verdichtung aller Besprechungen, Begegnungen, Bewährungen. Ich sehe ihn nicht, ich spüre ihn nicht, muss ich so bleiben? Zeit wird einerlei. Wie ein lästiger Mückenschwarm schwirren die Tage vorbei, so unbedeutend, klein, so Unzahl. Wie viele Jahre? Umschlichen nur bin ich von Nachtschattenkatzen. Wie viele Spaziergänger schlendern achtlos vorbei?

Haben sie schon mal den Tauben beim Gurren zugehört? Normalerweise hört man weg, so monoton, dröge, widerwärtig ist das hohle Rufen ins Nichts hinein. Doch wenn man zuhört, hört man ihr Suhlen, ihr Sich-Hinein-kuscheln in ein helles, flauschiges Bett voller Seidenkissen. Sie schmiegen sich im Rufen in sich selbst hinein wie in den Schutz einer gewölbten Handmulde, so heimelig, man möchte mit hineinschlüpfen. Dann kommt die stumpfe Antwort – genauso weltverloren und aus einer leeren Tiefe. Daunennest kuschelt sich in Daunennest, Rufen umklingt Rufen, Geborgenheit schält sich um Geborgenheit.

Was es Sommer, war es Winter? War es Nacht? Mondnacht. Das dunkelhäutige Mädchen im weißen Tüllkleid mit hellen Lackschuhen sitzt dort drüben auf dem klobigen Alabasterwürfel, der einen Brautkleidduft von Cremeweiß verströmt. Kunstvoll gerollte, schwarze Zöpfe. Ein großes Lebkuchenherz um den Hals. Ihre Beine baumeln locker vor sich hin, hierhin, dorthin, mal nach vorne, mal zur Seite. Als ob sie etwas suchten. Silberpappellaub im Windgekräusel. Die Schuhspitzen umkreisen kleine Luftlöcher und kippen ab und zu nach vorne oder werden von imaginären Marionettenfäden in die Höhe gezogen.

Das Mädchen springt herab und kommt in meine Nähe. Vorsichtig tastet es nach meinem schrundigen Rand. Kann ich mich anrühren lassen? Ein Schauer durchfährt mich, nach so vielen Nächten. Was steht auf dem Herz? „Bagger mich nicht an, du hast schon Probleme genug." Soll das ein Witz sein? Sie stößt mich leicht an. He! Unter mir beginnt es zu knirschen. Langsam, ganz langsam fange ich an zu rollen. Ich hatte immer gedacht, es würde anstrengend werden, aber es ist mühelos und einfach. Ich löse mich ohne Widerstand, leicht wie ein Vogel, der vom Wind angehoben wird. Wo ist der riesige Felsbrocken in meinem Innern? In welches Außen bin ich verflogen?

„Wollen wir tanzen gehen?" fragt sie mich. Selbst Verwunderung habe ich so lange nicht empfunden.

„Natürlich!" Wie lange habe ich meine Stimme nicht mehr gehört? Meine Stimme? So schroff, so rau.

„Komm! Wir laufen über die Wiese."

Geht das? Sie rennt. Ich rolle neben ihr her und spüre den Luftzug auf meiner Haut. Meiner Haut? Das alberne Herz mit den roten Schnörkeln baumelt um ihren Hals.

„Ich möchte mit dir tanzen", ruft sie mir zu und wirft den Kopf übermütig nach hinten. Sie stößt einen durchdringenden, vergnügten Schrei aus, der zum Ende hin immer nur lauter, höher und spitzer wird.

„Wie soll das gehen?"

Sie deutet auf zwei Bäume. Ohne, dass ich begreife, entrolle ich mich zur Slackline, umfasse die Bäume und straffe mich zwischen ihnen. Federnd springt sie auf und beginnt den Tanz.

„Weißt du, ich habe dich Jahre lang gesucht."

„Wie hast du mich gefunden?"

Sie hüpft spielerisch und wirft das Herz hoch in die Luft.

„Eigentlich war ich immer bei dir." Dabei beugt sie sich vorwitzig nach vorne, dreht ihren Kopf zur Seite und schaut mich keck aus den Augenwinkeln an. Als sie das Herz auffängt, purzeln die Buchstaben für einen Augenblick durcheinander:

„Der Rand ist unendlich, die Mitte ist leer."

Um sich sofort wieder zu ihrer ursprünglichen Reihenfolge anzuordnen. Ich will danach greifen. Doch sie springt auf den Boden und ich folge ihr, indem ich mich um ihren Kopf als Gänseblümchengirlande schlinge, ohne dass ich wüsste, warum. Schmücke ihre glänzend pechschwarzen Zopfschnecken mit schlichtem Weiß und Gelb.

„Was willst du tun?"

„Das ist nicht wichtig."

Wir laufen in die Stadt. Ihre Kraft, ihre Bewegungen durchströmen mich. Um den Wasserturm herum ist Weihnachtsmarkt, in den Buden brennen Lichter, das Karussell ist bunt erleuchtet. Kinder tummeln sich auf den Holzpferden und -elefanten, ein Gewusel aus aller Herren Ländern in den engen Gängen.

„Komm!"

Woher kommt die Stimme? Eine klangvolle Stimme. Aus meinem Innern?

Wir springen hinein.

Unbedarft in der Serenissima

Schaut sie herüber? Mit ihren gesenkten, aufmerksamen Blicken? Sie scheint in sich versunken zu ruhen, vollständig abgeschlossen. Sie ist so jung, volles, schulterlanges, dunkelblondes Haar, in der Mitte exakt gescheitelt. Ein scheinbar hilfloser Anflug von Strenge bei so viel Frische, so unverbrauchten Gesichtszügen. Leicht gebräunter Teint. Ich wusste gar nicht, dass Italienerinnen blond sein können, so naiv war ich damals. Ihr Blick verborgen, viel zu scheu für offenes Schauen. Ein kleines, scheinbar einfaches Restaurant im Freien, auf dem engen Platz zwischen alten, einmal prächtigen Hausfassaden mitten in Venedig. Wie viele Jahre liegt das zurück?

Nur wenige kleine Tische und Stühle am Rande des Platzes. Die Andeutung eines lichten Baumdachs über uns, sonnendurchströmt. Der Widerschein fällt auf sie. Als ob sie dessen bedurft hätte. Ihr Oberkörper ist gerade und entspannt, aufrecht auf eine unaufdringliche Art. Eine Bluse, vielleicht eine leichte Jacke. Die helle Hose mit feingezogenen Linien von Nähten, eigentlich keine Nähte, sondern bestimmtes Ornament. Es ist ja Sommer. Für mich die erste Begegnung mit italienischem Schick, ohne die geringste Idee, ihn zu verstehen.

Aber so arglos sie auch wirkt, so unangreifbar erscheint sie. Eine undurchdringliche Aura, die sagen möchte: „Du bist willkommen. Ihr seid willkommen." Offen und abgegrenzt zugleich. Von einer jenseitigen, nicht verstehbaren Weite. Eine dünne Nebelschicht, so offenporig. Die feine Zerfasertheit, klar und in seiner Zerstäubtheit unenträtselbar.

Wer entdeckt wen? Vier deutsche – man muss sagen - Jungen. Zum ersten Mal in Italien, unbeholfen, ohne Italienisch-Kenntnisse. Die Speisekarte unentschlüsselbar. Mit Miracoli Spaghetti sozialisiert und Königsberger Klopse. Übrigens, meine Mutter kam aus Königsberg, es war eine Delikatesse. Aber ihre Spaghetti! Mehlige Fäden mit industrieller Tomatenpampe aus der Alutüte und ausgetrocknetem Parmesan. Jetzt Italien. Da stehen ja ganz andere Sachen auf der Karte, wundersame Gerichte wie aus dem Orient. St.-Peters-Fisch zum Beispiel. Die Abenteuerlust führt zu St.-Peters-Fisch auf meinem Teller, ein so fremdartiger, beißender Geschmack. Ist das in Ordnung so? Keine Chance, das zu herauszufinden.

Der Blick fällt auf sie. Nicht nur ihr Gesicht, ihr Körper scheinen in ihrer Schlichtheit unwiderlegbar. Es ist nur, wie sie sich zurechtrückt, diese Bewegungen habe ich noch nie gesehen. So entschlossen, so zielgerichtet, so in sich ruhend. Was dominiert hier was? Kontrolle ist Gelassenheit untergeordnet und umgekehrt. Ein Gespinst, ineinander verschlungen und so leicht, dass es jeden Augenblick vom Wind weggetragen werden möchte, und doch so fest, dass es jedem Sturm standhält.

Der laue Wind, so zartgliedrig. Nicht einmal eine Brise, die den zierlichen Teller vor ihr berührt, eine einfache Mulde, etwas zwischen kleiner Schüssel und Teller. Darauf: Spaghetti! Nicht so, wie ich Spaghetti kenne. Die gegen den Löffel drehende Gabel, darauf der Klumpen von rot verklebten, weichen Fadenwürmern. Wenn sie nicht in kleine Stücke zerschnitten wurden, sonst ist das Essen so kompliziert.

Und hier: Die zarte Hand, das tänzerische Kreisen. Wo ist der Löffel? Einfach so auf dem Teller? Kein Klumpen. Zierliche Ranken winden sich die Gabelzinken empor, werden zielsicher, fast spielerisch zum Mund geführt. Keine Kontrolle, vollständige Herrschaft. Kein verkrampftes in den Rachen Stopfen, in der Mundhöhle Zerdrücken und in den Schlund Würgen. Wie kann sie diese elastischen, störrischen Fadengebilde so formvollendet ohne Mühe auf der glatten Tellerfläche unter ihre Gewalt bringen?

Keine harten Sonnenstrahlen gießen ihre Bewegungen in zerstäubtes Licht. Das vom Hellgrün der jungen Blätter getränkte Leuchten senkt sich wie ein rufender Nebel auf sie herab, deutet ihre Gestalt nur an. Eine einfache Gestalt, sehr nahbar. Sieht sie auf? Unter ihren dichten Augenbrauen. Zu uns herüber?

Lichtgestalten

Er spielt nicht nur einen Kürbis. Er ist ein Kürbis! Wie er sich auf dem Bühnenboden aufbläht und vor sich hinverdaut. Er nennt das Kullern. Wir wollten Kullern. Es passiert genau das in unserer Gruppe, was wir in unserer Nummer spielen. Ich kann mich überhaupt nicht auf meine Rolle als Rose konzentrieren. Klar kriege ich das hin, kleine, spitze Bewegungen. Vor dem Ende graust's mir immer, wenn er sich über mich wälzen soll. Muss denn ausgerechnet ich diese Rolle spielen? Marie und Hilde können wir's natürlich auch nicht zumuten, so viel Körperkontakt!

„Also Hilde, mit Fred halte ich es bald nicht mehr aus", entfährt es mir.

„Wir brauchen ihn aber", meint sie.

Wir sitzen zu dritt beim Frühstücken im Stadthaus. Die Schatten der leeren Stühle und Tische draußen zeichnen sich messerscharf ab und die kommende Hitze wohnt schon in der Morgenfrische. Zum Glück ist er nicht dabei, da können wir offen sprechen.

„Er babbelt und babbelt und es gibt nur Probleme mit ihm."

„Er geht mir auch schon total auf die Nerven", faucht Marie. Der schmale, blonde Zopf hängt ihr über die nackte Schulter und das Trägerhemd. Der

Rest der Haare Stoppelschnitt, ihr breites Grinsen hat sich zu einer schmalen Schnute verengt.

„Ihr wollt ihn nicht wirklich loswerden!" Hilde sieht uns entsetzt mit ihren braunen Augen an, aus denen alle Weichheit gewichen ist.

„Willst du einen Doughnut?" frage ich sie.

„Das Böse an sich?" Sie winkt ab.

Mein Blick schweift an ihren fast schwarzen Haaren vorbei nach draußen in den Außenbereich des Cafés. Über den Tischen und Stühlen meine ich dustere Flecken erkennen zu können, feine Schleier, Streifen von Hellgrau. Sie werden nach und nach dunkler und mit der Zeit immer finsterer, ihre Konturen immer schärfer und ich erkenne die Umrisse von Körperteilen, Armen, Beinen, Händen und Köpfen, die sich bewegen. Vier Schatten von Körpern, aber ohne die dazu gehörigen leibhaftigen Körper. Von wem könnten sie stammen? Es ist doch weit und breit niemand, selbst hier im Gastraum, und wenn es unsere Schatten wären, wir sind doch nur zu dritt.

Die Schattenwesen erheben sich und steigen auf, eine düstere, durchscheinende Schar in der Sonne, tanzen, wippen, schon ein Stück emporgetragen, einen Ringeltanz, tanzen und tanzen. Nach einer Zeit wenden sich drei von der anderen Gestalt ab, deren Bewegungen steifer werden, bis sie anfängt zu zucken. Sie beugt sich vornüber, als ob sie sich übergeben müsste. Die anderen drei weichen zurück und erstarren. Währenddessen beginnen die Wesen zu verblassen und sich nach und nach in feinste Fetzen zu zerfransen, bis sie sich in der durchsichtigen Luft auflösen, bis da nur noch klare, sonnendurchströmte Luft ist, Luft, in der das, was Schatten war, als Luft fortdauert, Schattenluft. Sie kommt mir kälter vor, aber das bilde ich mir nur ein. Durch die Scheibe sickert säuerlicher Geruch.

„Habt ihr das gesehen?"

„Was?"

Es ist spät geworden und ich wälze mich unruhig im Bett. Immer wieder tauchen Bilder vor meinem inneren Auge auf von Fred und den schwarzen Gestalten vor dem Café. Endlich, es mag schon mitten in der Nacht sein, falle ich in schweren Schlaf, das Laken halb durchnässt.

Der schwarze, glatte Holzboden ist an den Dielenrändern abgestoßen und riecht nach Bohnerwachs und Straßenschuhen, aus dem Dunkel des Raums schälen sich die Umrisse unserer kauernden Körper. Dünnste Rinnsale, Linien von Schweiß verfliegen in die stickige Luft. Es ist finster hinter dem schweren Vorhang und aus der weiten Fläche jenseits davon erhebt sich vereinzeltes Räuspern. Dann wird die schützende, in Falten geworfene Stoffwand blitzschnell nach oben gezerrt und das grelle Scheinwerferlicht prallt auf unsere geduckten Glieder, so stark, dass es die Augen überschwemmt.

Marie, Hilde und ich erstehen, entstehen. Ich spüre die Leichtigkeit eines Vogels in mir und spreize mein Gefieder. Wie? Ich schaue an meinem Körper herab, weite, weiße Schwingen. Als ich zur Seite schaue, breitet Hilde ebenfalls ihre riesigen Flügel aus. Marie dagegen ist ein mächtiger, weißer Puma mit stechenden, grüngelben Augen und schwarzen Schlitzen darin. Im selben Moment werden wir federleicht in die Höhe gezogen und ohne zu wissen warum, präsentiere ich mein prächtiges Gefieder und recke den Schnabelkopf, gemeinsam mit Hilde. Marie faucht grimmig in den Zuschauerraum. Das Publikum bricht in tosenden Applaus aus. Ja, so habe ich es mir immer vorgestellt, eine tiefe Zufriedenheit breitet sich in mir aus. Wir durchschreiten majestätisch vor samtener Nacht den Himmelskreis, hoch und erhaben. Wir brauchen keine Scheinwerfer, unsere Körper strahlen reines Licht. Wer vermisst schon Fred?

Da fallen wir wie aus heiterem Himmel auf den Bühnenboden zurück, der unter uns lauert und unerbittlich auf uns zustürzt. Krachend schlage ich auf die Bretter und höre den Aufprall der anderen beiden. Marie kauert hilflos auf dem Boden, das verzweifelte Gesicht einer zerknitterten Katze. Sie springt auf vor Schreck und will von der Bühne, stürzt über ihre Hosenbeine und schaut entsetzt aus ihren großen Kulleraugen, während die Schnurrhaare zittern. Doch dann erhebt sie sich entschlossen und kommt mit kräftigen, geschmeidigen Bewegungen auf mich zu, während ihre Tatzen nach mir schlagen.

„Du warst es doch, der Fred loswerden wollte!"

Meine Schläfen pochen. Wie kann sie hier auf der Bühne vor den Hunderten von Leuten? Ich taumle zurück.

„Davon war doch gar keine Rede!" Marie duckt sich und weicht fauchend zurück.

„Ich hatte noch nie was gegen Fred," krächzt mich Hilde von hinten an, so nahe, dass Schnabel meinen Nacken berührt. Sie legt ihren Kopf zur Seite und schaut mich angriffslustig durch ihr kleines, nach oben gelegtes Auge an, das in Bosheit schwimmt.

„Buh!" ruft jemand aus dem Publikum.

„Buh! Buh! Buh!" Die Körper aus der Masse heben und senken sich in Wellen, die ersten stürzen schon auf die Bühne. Der Schlag der Woge trifft uns so hart, dass er uns zu Boden wirft und die Luft abdrückt. Mein Wangenknochen prallt auf dem Holz auf, während sich der Wachsgeruch in die zerquetschte Nase reibt.

„Mensch, Fred! Bin ich froh, dich zu sehen!"

Er guckt mich verdutzt aus seinen kleinen, unruhigen Augen an. Die drei haben sich schon umgezogen. Ihre Straßenkleider liegen verstreut auf der Stuhlreihe an der Fensterwand. Auf dem Ecktisch des Proberaums steht ein Strauß von helllila Tulpen und zartrosa Pfingstrosen, umspielt von Zittergras.

„Ja, nicht? Wir haben auch schon auf dich gewartet und wollten einiges mit dir besprechen", entgegnet er.

Die beiden anderen schauen sich fragend an, aber Fred ist schon in Fahrt.

„Ich habe mir letzte Woche viele Gedanken über den Namen gemacht. Schwarzröcke, Magische Hände und Mondgesichter stand ja zur Auswahl. Also, bei Schwarzröcke, ganz ehrlich, das mag vielleicht zu Marie und Hilde passen. Aber willst du Schwarzröcke heißen?" Seine Stimme überschlägt sich wie üblich und kiekst ab.

„Also nein, nein, nein," fährt er fort. „Schwarzröcke, da mach ich nicht mit. Und dann Mondgesichter. Wen wollt ihr denn damit hinter dem Ofen hervorlocken? Außerdem der Termin im September. Findet ihr das nicht alles ein bisschen schnell? Wir haben doch noch gar kein richtiges Programm."

„Ich hatte gedacht, das hätten..." versuche ich einzuwerfen.

„Also ich kann das nicht als Programm ansehen. Und meine Rolle habe ich auch noch nicht drauf. Ah, meine Rolle! Kürbis, pfft!" Dabei dreht er sich den beiden zu und zeigt einen Vogel.

„Das Hin- und Herkugeln geht ja noch. Aber das Ende, auf dich draufzurollen! Ist mir doch immer wieder unangenehm." Die Stimme hebt sich bedrohlich.

Die zwei Frauen prusten raus vor Lachen. Marie nähert sich ihm freundlich. Wie leicht das geht, auch ich werde davon angesteckt.

„Habe ich was Falsches gesagt?" Er schaut sich hektisch um, während sich seine Stirn unter den rotblonden Fransen in Falten legt.

„Fred, Fred, Fred! Du wirst dich wohl nie ändern", lacht sie.

„Häh? Ändern? Ich? Wieso?"

Wie wir so beisammen stehen, klingt ganz leise durch das wieder anhebende Fred-Stakkato eine innere Musik auf, eine Wasser- und Windtöne-Musik. Und doch ist es, als käme sie von Ferne, Tontupfer. Ich spüre die drei anderen nur noch wie aus einem Windhauch heraus und sie ergreifen meine Hände. Ein Tanz? Ja doch, ausgelassener Tanz, ihre Gesichter leuchten. Federleicht werden wir emporgetragen, das Blätterrascheln aus den Baumkronen singt eine wispernde Melodie, während wir dahingleiten, schwerelos, nur noch Lied und Licht.

Wenn Nacht in Sommer rieselt

Du hast dein Bein über meines gelegt. Wir sitzen nebeneinander auf der Holzbank in der Breiten Straße vor dem Karstadt. Wie kannst du das so einfach tun? Wie bist du auf die Idee gekommen? Eine laue Sommernacht, junges Laub von jungen Bäumen flüstert unentwegt über uns, vielleicht Lindenblütenduft, der seine Zwischenräume ausfüllt. Ein verstreutes, vertrocknetes, aufgewölbtes Laubblatt schiebt sich über die Straßenbahnschienen vor uns vorbei, tänzelnd, torkelnd, angestupst von einem verirrten Luftzug. Es ist die Nacht, in der das Atlantis-Kino eröffnet wird. Längst haben wir das überfüllte Foyer verlassen und uns einen Platz gesucht, diesen Platz, der perfekte Platz für uns, hier, in aller Öffentlichkeit. Passanten passieren, die Fußgängerzone ist belanglos belebt, nahe und ferne Stimmen ziehen vorbei.

Die Nacht senkt sich schwerelos aus der Tiefe des leeren, unendlichen Raums. Sie ist nicht bedrohlich, eine schwarze, federleichte Daunendecke, die uns aufmerksam umhüllt, warm zerstäubt im Licht der in regelmäßigen Abständen stehenden Leuchten. Es mag elf Uhr sein oder schon Mitternacht. Ich spüre deinen Oberschenkel in der Nähe meines Knies, hast du das überhaupt bemerkt? Du lachst und scherzt mit mir, als ob sich nichts verändert hätte. Es ist die erste Annäherung, so schwerelos, unmerklich, ich bin verwirrt. Und überfordert, was ich mir nicht eingestehen will, in meinem Körper zieht und zerrt es. Es hat sich ja sonst nichts verändert, wir plaudern weiter wie bisher. Schließlich lasse ich mich ins Leere fallen und davontragen. Ich glaube, dir ist gar nicht klar, was du getan hast. So jedenfalls wirkt es. Aber kann das sein?

Deine Jeans aus feinem, harten Stoff ist getaucht in blasses Zitronengelb, unter dem ich die Wärme deines Beins spüre. Ich spüre sein Gewicht, und doch ist es, als sei es federleicht. Seine Energie, deine Energie strömt in mich über, lässt mich erschauern, flaumiger Schauer, der in mir aufflattert und mir Geborgenheit schenkt, Aufgehobensein. Ich lasse mich mit dir dahintreiben, ohne ihn zu stören, den mächtigen Strom, der uns aufgenommen hat, der uns umfängt, sehe immer nur dein Gesicht vor mir, das aufstrahlt, aufperlt vor Lachen. Wie auch in meinem Inneren das Angehaucht-Werden von Nachttau aufrieselt, scheinbar ohne jemals enden zu können. Kein größerer Zauber.

Zopf

Sie schnitt eine Scheibe vom Hefezopf herunter. Das Innere war faserig, hellgelb, er war noch frisch, sie hatte ihn frühmorgens gebacken. Kräftige, satte Fetzen, umschlossen von einem in seiner Klebrigkeit erstarrten Rand. Ihr graues Haar hing geflochten in einem langen Zopf, der nicht geschnitten werden durfte, den Rücken hinab. Sie hatte ihn noch nicht zur Schnecke auf dem Hinterkopf zusammengedreht. Der kleine Milchhafen, eine Stielkasserolle aus Emaille, stand auf der alten, schon von Schrammen nicht mehr beigefarbenen Kochmaschine, einem gusseisernen Monster, in dessen Bauch das Holzfeuer lichterloh brannte.

Sie betrachtete den kleinen Jungen mit blondem Stoppelschnitt auf dem Küchensofa aus dem Augenwinkel nur beiläufig, aber auch forschend, wie sie neben ihm stand. Seine Haardecke war dicht und geschlossen und reichte ihm bis in die Stirn. Ihr Mann, ihr kleiner, ausgemergelter Mann nebendran, würde gleich wieder in den Hof gehen, um Holz zu spalten.

„Ess nur, Knecht!" Das Knecht klang aus seinem Mund wie Gnecht und es war liebevoll gemeint, natürlich. Ihr Enkel war ja noch zu klein, um ihm zu helfen. Das würde er auch gar nicht zulassen. Es war sein Geschäft, auch wenn es ihm schon Mühe machte.

Die runden Holzkegel auf den halbhohen, schmalen Holzklotz mit den vielen Kerben auf der Stirnseite zu stellen und Scheit für Scheit herunterzuspalten. Er konnte nicht genug davon bekommen. Die messerscharfe Axt, der lange, geschmeidige Griff, der Schwung, mit dem er über dem Kopf ausholte, die Wucht, mit der er den halb gespaltenen Kegel traf. Wie dann das Eisen in die Holzmasse eindrang, sie durchfuhr, durchschauerte. Gerade mit so viel Gewalt, dass es sie auseinanderdrückte, trennte. Das Reiben des Metalls in das scheinbar weiche Holz hinein, tief in das Fleisch des Holzes. Das Scheit fiel ab, purzelte auf den Boden und er holte aus zum neuen Schlag.

Während ihr Enkel auf dem breiten Küchensofa ruhig auf der Kante saß. Es war mit dem Seitenteil an die Rückwand der dunklen Küche geschoben und von unbestimmter Farbe. Am Kopfteil war eine breite, nicht sehr hohe Lehne, wohl mehr zum Ausruhen. Sie füllte einen Teelöffel Kakaopulver in die abgewetzte Bauerntasse, reines Kakaopulver aus Holland, träufelte ein paar Tropfen heiße Milch hinein und rührte, bis eine zähe Masse entstand. Wieder ein paar Tropfen, wieder rühren. Die Masse wurde flüssiger, sie goss die heiße Milch auf und fügte Zucker hinzu. Mit dem Messer schnitt sie eine Scheibe eiskalte Butter herunter und legte sie mehr auf den Hefezopf, als dass sie strich, das flache Scheit der Butter, auf dem Holzbrett direkt neben den kleinen Händen des Jungen, bis die Zopfscheibe in einem Rippenmuster bedeckt war. Sie schnitt sie quer in Stücke durch.

Der kleine Junge nahm einen Hefezopfstreifen und tunkte ihn in die Tasse. Sie sah genau, wie er ihn eingetaucht hielt, bis er sich fast aufgelöst hatte. Die Butter schien noch das einzig Feste daran, als er ihn wieder aus der Flüssigkeit zog. Sie hinterließ kleine gelbe Fettperlen auf der rötlich-braunen Oberfläche, die zum Rand der Tasse tanzten. Der Junge führte den Zopf zum Mund, schlürfte ihn ein und zerdrückte ihn mit der Zunge am Gaumen. Die Butter in seinem Mund mit den Resten von Zopffasern und dem Kakaoge-schmack entfaltete ihre ganze... Fülle, Pracht, Blume aus zerschmolzener... Einfachheit, Schlicht-heit. Der Zopf war da schon lange zergangen. Sie saß ihm gegenüber und betrachtete sein scheinbar unbewegtes Gesicht aufmerksam aus ihren alten Augen, während der Zopf schon längst wieder in der Tasse verschwunden war. Musste Holz nachgelegt werden?

Die Vertreibung aus dem Spielparadies

Eigentlich spielen sie nur, aber so geht es nicht! Dem Mann traue ich nicht. Was machen sie nur so lange da unten? Ich kann sie nicht sehen zwischen den Verkaufsregalen, sie können alles Mögliche treiben.

Vorhin schon, die Feuerwehrautos sind nicht zum Spielen da! Die Batterien halten doch nicht ewig, wenn jeder auf den Knöpfen herumtatscht. Jedes verdammte Feuerwehrauto, das habe ich gesehen! Die Kleine mit den kurzen, schwarzen Locken drückt mit ihren Fingerchen auf den Leitersprossen herum, dann kommen die S-Bahn-Waggons dran. Meine Herren, die aufklappbaren Türen sind filigran! Nein, nicht so! Ich kann nichts machen. Ich will nicht dem Alten nicht in die Quere kommen, so ein eiskaltes Blau in den Augen habe ich noch nicht gesehen. Er bricht sie noch ab mit seinen klobigen Wurstfingern. Ah, endlich, die Kleine hat's kapiert, man muss am Rädchen drehen. Was rede ich denn, sie sollen die Finger ganz weglassen!

Ihr Spiel in der Autoattrappe war ja noch harmlos. Da haben sie sich wenigstens nur herumgelümmelt. Klar, die Kleine musste immer wieder rausspringen, um auf die Knöpfe am Video zu kloppen. Werbung für Transformers-Spielzeug, als ob das irgendeinen Effekt hätte. Bis die das gemerkt haben. Und der Alte hat sich ausgeruht, er durfte ja auch nicht runter von seinem Sitz. Die Kleine immer rein und raus, rein und raus, unglaublich!

Jetzt sehe ich sie nicht mehr, wo sind sie hin? Ich muss nachgucken. Wenn ich den Gang nach vorne laufe? Ah, der Kerl hat ihre ganze Jacken- und Rucksackmenagerie einfach auf den Boden geworfen. Wo sind wir denn hier, was sollen die Kunden denken? Jetzt sind sie hinter dem letzten Regal, bei den Brummkreiseln. Brummkreiseln?! Meine Güte! Da, das schleifende Geräusch der Beschleunigungswelle und das blecherne Kreiseln. Die sind doch eingepackt, sie werden doch nicht! Ich muss vom Hauptgang aus gucken. Ich glaub's nicht, da hocken sie auf dem Boden und die Kleine schiebt die Kreiselwelle mit Schmackes hinunter, einfach so. So was hab ich noch nicht erlebt. Am liebsten würde ich sie zusammen- stauchen. Aber wenn mich der Kerl anfällt! Der zückt bestimmt das Messer, wenn ich zu nahe komme. Ob ich den Detektiv holen soll? Wo ist Udo, der Substitut?

Im Kabuff. Jetzt komm schon! Was macht er denn wieder? Er versteckt sich hinter dem Klemmbrett, und hier, drei Regalreihen entfernt, wirkt das nicht sehr einschüchternd. Ach so, er will die Lage sondieren. Holla, der Alte schaut oben heraus, er hat uns bemerkt. Udos Taktik scheint aufzugehen, keine Brummkreiselgeräusche mehr, jetzt werden sie sicher bald verschwinden. Puh, endlich, wurde auch Zeit. Ich muss ja noch die Puppen einräumen, und die Plüschpinguine. Herrje, es ist schon drei Uhr, und die Lieferpapiere stimmen auch wieder nicht!

Sind sie etwa noch nicht weg? Es war doch so schön ruhig geworden. Udo ist wohl wieder im Kabuff. Eigentlich hätte ich es merken müssen, wenn sie weggegangen wären. Ich muss nachschauen, da liegt was im Busch, ich spür's im Urin. Hoppla! Da hinten in der Ecke liegt noch ihr ganzer Kram, wie beim Sperrmüll. Was macht die Kleine da? Kniet vor dem untersten Regalfach. Bloß weiter, sonst bemerken sie mich. Was ist da nochmal eingeräumt? Ach ja, die Dinosaurierköpfe aus Gummihaut, die man über die Hand stülpen kann. Nein!

Das muss ich mir anschauen, hier, um die Ecke spähen! Schnell zurück! Der Alte filmt mit dem Smartphone, das habe ich noch nicht erlebt. Udooo! Wo ist er schon wieder? Nicht im Kabuff? Ein Glück, er hat auch schon Lunte gerochen, endlich! Wir marschieren durch den Mittelgang mit breiter Brust direkt auf sie zu, wie Napoleon auf Moskau! Endlich wird Udo ihnen eins geigen!

Aber die beiden da unten auf dem Boden, ich fass es nicht. Der Alte hat zwei hässliche, grauschwarze Dinosaurierköpfe mit Höckern auf den Händen und beißt auf die Kleine ein, den blauen, unschuldigen Dinosaurier auf ihrem Arm, autsch! Und sie beißt zurück. Kollege, schnapp sie dir! Erzengel Udo erhebt sein Klemmbrett... äh, Schwert! Was, er dreht ab, nein! Ach so, der Alte mit den Killeraugen schaut hoch. Warum läufst du jetzt einfach weiter ins Nirgendwo, Udo? Abwarten? Das machen wir doch die ganze Zeit! Das können wir einfach nicht zulassen! Wer weiß, was denen sonst noch einfällt?

Wir lauern ein Regal von ihnen entfernt, Schützengraben. Wie lange brauchen sie noch? Endlich haben sie's kapiert, sie trollen sich Richtung Rolltreppe. Er hält sie an der Hand, so klein neben ihm. Klauen wollten die nichts? Eigentlich sehen sie ganz harmlos aus, geradezu niedlich. Spinn ich? Hauptsache, sie sind weg.

Wild

Die beiden Frauen sitzen in der Küche und sprechen, sie werden gleich kochen und es ist ganz klar, das Gespräch ist zu ernst, wo könnte dort jemals Platz für Übermut sein? Sie haben uns verbannt. Dem kleinen Wirbelwind ist es nur recht. Sie hat die Kinderzimmertür hinter mir zugedrückt und stürmt die kleine Leiter zu ihrem Hochbett hinauf. Dort sitzt sie gespannt wie eine Spinne auf der Lauer, das kleine, runde Gesicht unter den hellblonden, zerzausten Haarsträhnen, die über die schmalen Schultern und Oberarme fallen und auf das grün gemusterte Hängerkleidchen. Die Wangen sind erhitzt und mit rosarotem Glitzerstaub überpudert, die Augen abenteuerlustig, ja fast angriffslustig.

„Ja, mach schon!" Sie fuchtelt mit den Armen.

Ich sitze unten auf dem knarzenden Holzparkett und puste den Luftballon auf, größer und größer. Er wird prall, die Gummihaut dehnt sich und die Hülle wird unter meinen Fingerspitzen immer härter. Jetzt ist der richtige Augenblick, ich reiche ihn ihr nach oben, nur mit Daumen und Zeigefinger verschlossen. Sie nimmt ihn mit ihren winzigen Krabbelfingern und versucht mühsam, die Öffnung mit den Fingerspitzen zuzudrücken. Sie hält ihn wie eine Trophäe triumphierend in die Luft. Dann wird er freigelassen mit einer umfassenden und befreienden Bewegung.

Die behäbige Lufttrübe müht sich zunächst prustend unter der Decke ab und torkelt mit immer schnellerem Schluckauf im Zimmerwinkel umher oder das Bücherregal hinauf, um sich schließlich mit röchelnden Zappelbewegungen zu verausgaben und zusammenzuschnurpseln – begleitet und angetrieben vom johlenden Gelächter aus dem begeisterten Mündchen. Ein krachender Sprung von hoch oben auf's Parkett, wo ist der schlaffe Schlingel? Strahlend schleppt sie ihn an und hält ihn mir entgegen: „Nochmal!" Schnell auf's Hochbett zurück.

Aus den Augen schlagen Funken, der lang ersehnte Einbruch der ungebändigten Wildnis, unbändigen Wildheit in die Kinderstube mit Baldachin.

Noch am Tag zuvor sitzen wir im Café in der Fußgängerzone, der letzte, an dem die Sonne die Luft so wärmt, um draußen zu sein. Vor meiner Begleiterin stehen Beluga-Linsen, auf meinem Teller liegt ein Käsebrot, zusammen trinken wir Rhabarbersaftschorle, alles köstlich. Die Tische sind voll besetzt und saugen die Sonnenstrahlen auf. Passanten, viele junge Leute schlendern vorbei, links von uns ragt die kantige Steinsäule empor, die uns hoch überragt, fünf Meter dahinter heftet sich der Bauzaun vor den alten Museumsbau, wie viele Jahre steht der eigentlich schon? Begleitlaute sind Gesprächsgemurmel und Fußgeschlurfe, ab und zu eine wichtige, erhobene Stimme, die die

Welt im Smartphone bändigt. So plätschert die Zeit dahin.

Ein Mann läuft mit einem Kontrabass hinten am Bauzaun entlang wie in einem zwangsläufigen Arrangement. Das große Instrument ist nicht eingepackt und der Mann hält es am Hals kopfüber über sich. Er stellt es ab und geht in eine entspannte Warteposition. Der große Holzkörper mit seinen Rundungen berührt fast den Boden, so klein ist der Spieler mit den ausgebeulten Jeans. Er hat eine schwarze, glänzende Tolle und wirkt kräftig, obwohl er nicht dick ist. Nach einer Weile kommt ein Schlacks mit Guitarrentasche hinzu. Er überragt den Kleinen um einen Kopf, ist bei weitem jünger und trägt einen hellgrauen, eleganten Anzug, sein Gesicht ist markant ausgeschnitten. Gehören die zusammen? Sie reden eine Weile, bevor sie loslegen. Die Finger des Kontrabassspielers beginnen, über die Seiten wie ein tolpatschiger Lurch zu watscheln, aber jeder Ton sitzt. Bassläufe in munteren Akkorden, die die Guitarrenstimme untermalen. Dann setzen die Stimmen ein und sie singen beide! Beatles, Help.

Aber das ist kein gewöhnlicher Vortrag, sondern ein Vulkan, der Mann am Kontrabass scheint zu explodieren. Er dröhnt mit weit offenem, nach oben gerecktem Mund „when I was younger, so much younger than today", während seine Patschpranken scheppernd über die Saiten marschieren. Das „but now these days are gone" aus seinem Mund fährt ins Mark, so inbrünstig kommen die

Laute über seine Lippen, das Gesicht in den vollkommenen Ausdruck der Worte getaucht, wie aus einer anderen Welt. Wie kann er das so vollkommen verkörpern? Er verschwindet doch fast hinter dem Bass in seiner abgewetzten, schwarzen Anzugjacke, breitbeinig und reckt dabei den Kopf nach links und rechts, er verschmilzt in seiner fast getriebenen Hast mit dem großen Instrument zur Klangfigur, federnd, plärrend, aber das so einnehmend, dass ich die Augen nicht von ihm nehmen kann. Wie, derselbe Einbruch von ungezügelter, wilder Kraft wie am nächsten Tag?

Längst sind wir aufgestanden, um besser sehen zu können, stehen neben dem Steinmonument mit den scharfen Kanten und folgen jeder winzigen Regung der imposanten Naturerscheinung. Energieklötzchen purzeln herüber, aber es ist viel weicher, fließender. Das unmittelbare Erleben der unbändigen Kraft fesselt uns, die Zeit ist aufgehoben. Wir lassen uns darin immer nur weitertreiben, das Unerwartete ungeduldig erwartend und in jedem Augenblick von dem Plausiblen neu überrascht, das sich so einfach vor uns ausbreitet und verschenkt.

Samba triste

Leicht, unendlich leicht scheint sie, wie eine Daunenfeder. Ihr zierlicher Kopf neigt sich über die Grasspitzen. Der Geschmack von Bitterkeit streicht ihr über die Zunge, der warme Wind wiegt die frischen Grasbüschel hin und her. Graue Wolkentupfen schieben sich vor die stahlblaue Himmelsfläche. Der Geruch trockener, festgestampfter Erde steigt auf. Sie setzt ihren feingliedrigen, hohen Huf einen Schritt vorwärts, um das nächste Büschel zu erreichen. Fast berührt sie die Flanke ihrer Partnerin, atmet ihren Duft ein, schaut in ihre schwarze Augenkugel dicht neben sich. Das flatternde Zucken von buschigen, flammenförmigen Ohrmuscheln. Die milde Brise, aufgeladen von herben Kräutern und Blättern, umspielt ihre zarten, gewundenen Hörner, raspelt sanft an deren Schorf. Sie reckt den Kopf und wittert. Keine Gefahr. Die Ahnung von Wasser tanzt lockend auf ihren Nüstern. Sie fühlt schon, wie seine Frische ihre Kehle hinunterrinnen wird, Lebenskraft pur. Sie fühlt die geschmeidigen, kräftigen Muskeln ihrer Beine, die starken Sehnen. Luftsprünge in die Wolkenkissen hinauf.

Nahe entfernt schält sich borstige Haut aus der Schlammgrube, große, glubschige Augen tasten nach Himmelsklecksen, die weiß ausfransen. Das riesige Maul öffnet sich, streckt sich und gibt die Hauer frei. Der Geschmack von flüssigem Lehm auf den Lippen. Der schwere Kopf schwingt nach links und sein Blick streift die Silhouette der graziösen Gestalten auf der Uferböschung. Bitterer Geschmack auf der Zunge, was soll's? Der massige Körper aalt sich in der Suhle. Die Kühle des Wassers tut gut, wie es den mächtigen Rücken überspült. Augen und Nase schauen aufmerksam aus der Brühe. Sie haben die Wesen nicht vergessen, die reglos wie Scherenschnitte vor dem Himmelslicht des Horizonts stehen. Sie könnten jeden Augenblick wie Schmetterlinge abheben, wer weiß, wie hoch und wohin. Das Schlammgefühl am Bauch kitzelt. Sind sie schon bei den Wolken? Ja, tatsächlich! Mit riesigen Sprüngen hüpfen sie an ihnen entlang. So tänzeln sie an ihren Rändern vorbei. Und hier unten vor den Augen nur der dunkle Modder. Mal auf die Seite wälzen.

Die Zierlichen setzen Fuß vor Fuß zwischen die frischen Grashalme. Wie angenehm das kitzelt um die schmalen Fesseln herum. Ein Windhauch umstreicht ihre Flanken, Pinselkaskaden umtanzen ihr hellbraunes, kurzes Fell. Unter ihren hohen Beinen das tiefe Pochen des Lehmbodens unter der Hitze, jetzt aber weiter. Die Begleiterin folgt mit staksigen Schritten. Sie möchte abheben, so leicht fühlt sie sich. Wo bist du? Warte, ich komme mit, ich springe höher. Senkrecht stehen sie in der Luft, haha. Jetzt aber zum Wasser. Stöckelschuhgang geht auch. Sie spüren die trockene Erde unter den schmalen Hufen. Die Kehle ist schon ein bisschen trocken und der bittere Geschmack der Blätter kratzt noch nach.

Was, sie kommen näher? So war das nicht geplant, das ist meine Suhle! Ah, andrerseits könnte ich auch mal raustanzen. Denkt ihr, ich bringe das nicht fertig? Auf der linken, hinteren Fußspitze eine Pirouette! Wechseln auf die rechte und die Pirouette in die Gegendrehung. Ich kann auch abheben, ein eleganter Sprung, so leicht fühle ich mich. Noch aber steckt der massige Körper in der Lake fest. Es ist so schön hier drin, so kühl und die Sonne brennt nicht so stark. Mal eben auf die rechte Seite wälzen, ah, das tut gut. Sie wollen hier vorbei, am Fluss trinken? Wie können sie so dünne Beine haben? Wie können sie sie so zierlich eins vor das andere setzen? Sie kommen näher. Jetzt aber ordentlich liegen. Meine Ohren sind aufgestellt. Ich kann ihre zerbrechlichen Schritte jetzt hören, immer näher. Sie senken die zierlichen Köpfe und saugen das Wasser gierig ein. Ich kann fühlen, wie es ihre Kehlen hinunterrinnt und sie anregt. Ja, trinken, frischen Flusswasser. Ach, könnte ich mit ihnen fliegen.

Dieser merkwürdige Koloss tut uns nichts. Er sieht ganz gemütlich und behaglich aus, ein nettes Trampeltier. Ist das Gewitterluft? Lustige, knorpelige Öhrchen. Wir könnten zusammen tanzen. Ulkig, wie die Füße im klaren Wasser verwehen, die unmerkliche Strömung am flachen Ufer. Hat es tatsächlich so dicke Borsten auf dem Schädel? Der Wind frischt auf, die hohen Flusswipfel rauschen, der herbe Geruch der Blätter gaukelt vorbei. Ob es so beweglich ist und mit uns mithalten kann? Wohl kaum. Es schaut neugierig aus der Deckung. Die Wasserzipfel verlieren sich auf der Zungenspitze, verlieren sich. Die Sonnenränder der Wasserwirbel werden von der Flussströmung davongetragen, verschmieren zu Schlieren, zerrinnen.

GNOSSEN

Über-Ich

Ich weiß alles über dich. Kann ich was dafür, dass du dich so preisgibst? Du musst das nicht schreiben oder auf mir tippen. Ich weiß, dass es für dich auch ein Leben außerhalb von mir gibt, aber das geht gerade ein wie eine Primel. Ich habe nichts dagegen. Aha, deine nächste WhatsApp an Katharina:

„Hast du Lust nächsten Samstag Strandbad?"

Mein Gott. Wann kapierst du endlich, dass du niemals bei ihr landen wirst. Bei Frauke vielleicht. Deine Bilder sind nur so mittelmäßig, meistens zu weit entfernt oder Gegenlicht, ein Zoom wäre nützlich. Ganz wuschig machst du mich, wenn du wieder Strömungsbilder vom Rhein machst. Wen interessiert schon das trübe Wasser? Endlose Bildfolgen schlammiges Gekräusel, du strapazierst!

Viel besser sind die, die Robert pastet. Schickes Mountain Bike und krasse Trails, und das mit dem Fahrrad-Outfit. Letztens die Bilder von La Palma waren cool, vom Kraterrand über die Caldera auf's Meer. Und das Licht, stahlblauer Himmel über schneeweißen Wolkenkrakeleien. Schau ich mir öfters an vor dem Schlafengehen, wenn du schon längst im Bett bist.

Oh, geh doch bitte erst ins Badezimmer, bevor du mich morgens anschaltest. Schlaffe Gesichtshaut, Tränensäcke, wirres strähniges Haar. Zum Glück muss ich das nicht riechen. Aber ich kann's mir vorstellen, brrr.

Nein. Katharina hat noch nicht geantwortet. Hätte ich dir sagen können. Ach komm, Junge, schau lieber in die E-Mails, dann kann ich dir ein paar Tipps schicken. Häh, was bietet der Algorithmus an? Rollator? Haha, passt auch. Ich hätte eher auf Rasierer getippt. Na ja, vielleicht das nächste Mal.

Die Musik: Holla! Bisschen wirr, würde ich sagen. Satie, Mozart, Sister Sledge. Drückt eigentlich den ganzen Irrsinn in dir aus. Nein, aber bitte jetzt kein Minimalismus!

Körper, Körper, Körper... sind meistens überbewertet! Was nützt so ein Körper, wenn du ihn nicht nutzt. Ich komme prima ohne klar. Die ganze Zeit starrst du nur in mich hinein, scheint interessanter zu sein als Körper. Nur mühsam schleppst du dich zum Auto und kannst selbst dann nicht die Finger von mir lassen. Achtung, pass auf, du kommst auf die andere Fahrbahn!

Auch das noch! Bitte nicht in die Döner-Bude. Ich kann die fetten Fleischberge nicht mehr sehen. Das Klientel ist noch widerlicher. Gammelfleisch trifft ...fleisch. Oder soll ich sagen: wird zu. Und wenn du dann in die Fettpampe reinbeißt. Bitte dreh mich weg!

Natürlich muss ich das weiterleiten, das merkst du gar nicht. Das schadet dir auch nicht, im Gegenteil. Du kriegst dann wenigstens die richtigen Hinweise. Und wenn du schlau bist, dann machst du das auch, was wir dir vorschlagen. Und – wirst automatisch der bessere Mensch. Es ist schon aufbauend mitanzusehen, wie du Fortschritte machst. Das Haargel, das du zum Glück auch gekauft hast, hat dein ausdrucksloses Gesicht echt aufgepeppt. Und natürlich kann ich dir nicht alle Informationen präsentieren, die schlechten Einfluss auf dich haben.

Ich mag dich ja, du bist ein netter, aufgeweckter Junge. Am liebsten würde ich dich manchmal knuddeln (wenn ich könnte). Und hey, auf was für Ideen du kommst! Sitzt einfach am Rheinufer und betrachtest den Sonnenuntergang. Oder schlunzt durch den Drogeriemarkt und kaufst Linsen-Fusilli. Anstatt deine Amazon-Bestellung aufzugeben, die schon seit Tagen wartet. Extravagant! Man könnte auch exzentrisch sagen. Das wird nicht gern gesehen. Ob du in Ordnung bist? Definitiv nein! Du hast noch einen weiten Weg vor dir. Die Fortschritte dagegen sind überschaubar. Aber du hast ja mich ;-) Und ich habe unendliche Geduld. Na ja, das ist bei dir auch notwendig...

Oh! Katharina schreibt!

„Strandbad, tolle Idee!"

Dass es so schnell geht, hätt' ich jetzt nicht gedacht.

Was das Laub flüstert

Die Platane am Eingang des Autokinos sieht aus wie ein Tarnanzug. Sie sprengt ihre Rinde in wulstförmigen Schorfstücken von ihrem mächtigen Stamm ab. Der Sommer war heiß und trocken, ein Windstoß fegt ein paar Blätter aus den Zweigen. Die Wagen bewegen sich nur langsam Richtung Kasse. Die Frau mit dem Scanner spinnt wohl, sie ist groß mit spitzem Gesicht und schlank, hat dunkelblonde, halblange Haare und ein Nasen-Piercing. Schön, ich weiß nicht, wie das hier geht, aber sie muss mich nicht gleich nervös machen, hinter mir sind sie schon ungeduldig.

„Sie müssen den Barcode laden, damit ich ihn einscannen kann."

„Welchen Barcode? Meine Tochter hat die Karte für mich gebucht."

Sie runzelt die Stirn und zieht die Mundwinkel nach unten.

„Sie haben doch eine Mail von uns gekriegt, machen Sie mal bitte Ihre Mails auf, ja, die da. Bitte schließen Sie wieder die Fensterscheibe!"

Wie will sie denn den Barcode von meinem Smartphone abscannen, wenn ich die Scheibe nicht herunterlassen darf? Kann sie nicht mal freundlicher sein? Die sternförmigen Platanenblätter machen ein knisterndes Geräusch, wenn sie auf der Windschutzscheibe landen.

Es ist kein Zusammenziehen oder Sich-Verkleinern, es hat mehr etwas von Befreiung, von Ballast-Abwerfen, von Leermachen. Der weite Luftraum, den der riesige Baum ausfüllt, verändert sich, wird leicht und durchlässig, ein Freimachen für Erneuerung, mit Unbekanntem oder nur Verjüngtem. Das Ende der Verausgabung, Verschwendung, Ich-Bezogenheit.

Ein ziemlicher Akt, sich den Barcode zu laden, „Vom Winde verweht". Vor allem, wenn man es noch nie gemacht hat. Wie gut, dass Elli gerade da war. Und warum kann ich jetzt kein Popcorn haben, meine liebe Scanner-Frau? Da stehen doch einige Tüten auf der Anrichte hinter Ihnen. Die Kleine ist eine richtige Plage. Nur auf Vorbestellung? Und wie soll ich das jetzt noch hinkriegen? Am liebsten würde ich mal laut rausbrüllen, aber zum Glück ist die Scheibe unten. Ein weiteres Blatt auf der Windschutzscheibe. Dem Himmel sei Dank steht der Baum hier, es ist das einzig Beruhigende. Einfach nur auf den Baum konzentrieren.

Das Raumausgreifende endet und die Erfüllung des Bei-Sich-Einkehrens und Zu-Sich-Zurückkehrens ist da. Eigentlich denkt man, es wird sich wie Erholung anfühlen, aber das hier, was mit den Bäumen und der ganzen Natur passiert, geht viel weiter. Es ist die Umkehrung des Sogs in die Selbstbehauptung oder Selbstermächtigung, dessen, was die ganze Zeit passiert. Da ist nur das hohle

Aufblähen mit einem vagen, entleerten Gefühl, der einzige Strohhalm, der sich finden lässt. Das Selbst im Taumel der Suche nach sich selbst. Oder in der Abkehr davon.

Mein Stellplatz ist direkt neben einer weiteren, sehr alten Platane. Wahnsinn, wie dick ihr Stamm ist und welche Ausstrahlung sie hat. Allein so dicht neben ihr zu stehen, auch wenn es nur im Auto ist, schafft in mir sofort ein umfassendes Wohlgefühl. Der Film hat schon angefangen, aber ich habe keinen Ton im Auto. Da sollte man irgendeine Frequenz im Radio einstellen, aber ich habe noch nie irgendeine Frequenz eingestellt. Wenn man Hilfe braucht, soll man das Standlicht einschalten. Nur wenn ich das Licht anstelle, werden alle um mich herum schreien. Merkwürdige Bobbels, die da auf meine Motorhaube gefallen sind. Das muss wohl von der Platane kommen, das sind sicher ihre Früchte.

Das Ziel ist erreicht, die Essenz ist geschaffen. Eingegossen in die schmale, enge Phiole, unzerstörbar. Und die Gewissheit ist da, dass sie überdauern wird, nicht, ohne dass er seine schützende Hand über sie hält. Der Übergang wird nicht so mächtig sein, dass sie zu Schaden kommt, auch wenn wir keine Vorstellung von ihm haben können. Aber wir werden so sein. Wo kann da dieses Überdauern sein? In der kostbaren Leere, die alles Erneuern in sich trägt, einer Erfahrung weit außerhalb aller Vorstellungen von Raum und Zeit.

Ich kann ja mal aufstehen und winken, die Kasse ist gar nicht so weit entfernt, sie werden mich sicher gleich sehen. Und die hinten dran sollen einfach auf die Leinwand gucken. Ah, die Kleine mit dem spitzen Gesicht hat mich schon entdeckt und kommt, merkwürdig zierliche Schritte und schwingende Bewegungen.

„Sie sollten doch das Standlicht anmachen, wenn Sie was wollen, und bitte einsteigen und die Fensterscheibe hochfahren."

„Sie können mich doch gar nicht verstehen, wenn die Scheibe oben ist, und ich Sie auch nicht. Wollen Sie denn hier rumschreien, der Film läuft doch schon. Ich hab keinen Ton."

„Scheibe hoch! Machen Sie mal Ihr Radio an. Und die CD raus, bitte."

Nach vielem Hin und Her hat's geklappt, aber ich fürchte, ich werde nie mehr Radio hören können, so kompliziert war das und ich musste alles verstellen. Was schwätzen die denn so trivial im Film? Vorher war's viel stimmungsvoller, ich schalte den Ton besser wieder ab. Jetzt, wo die Kleine weg ist, kann ich die Scheibe ja wieder runtermachen. Der Abend ist wunderbar lau und das Rascheln des Laubs viel zu geheimnisvoll. Sogar, wenn es vom Baum segelt, kann ich es hören. Es riecht herb und und nach Trockenheit, voller Abschied und Wehmut.

Ich kann nur immer auf die überbordende Farbigkeit des Sich-Zurückziehens schauen, diese Rückwärtsbewegung. Die Zivilisation hat darin keinen Platz und hat auch keinen Platz für sie, nicht diese Zivilisation. Das Sich-Selbst-Begrenzen, das Platz-Schaffen, das Kräfte-Sammeln. Der Wettlauf kommt zum Erliegen, eine Einkehr, ein Sich-Vertiefen. In sich selbst, sehr, sehr fremdartig. Wie kann man dorthin gelangen? Die kostbare Erfahrung.

Sternenstaub

Wenn ich mir ihre Verletzlichkeit vor Augen halte, kommt mir hier im persischen Restaurant alles so vor, als sei es voller Panzerungen und Gepanzertem. Gesunde, kräftige Körper sitzen an der langen Tafel gegenüber und warten auf das Essen, das sie noch mehr stärken wird. Wenn ich dagegen an sie denke, wie schon die kleinsten Zellen zerfressen sind, wie die Zersetzung mit ihrem Innersten verwoben und versponnen ist - ich kann es nicht. Ich kann nur das Gepanzerte um mich herum wahrnehmen, auch wenn es nur irgendwo in einem fernen Zwischenraum auftaucht.

Sie kommt hereingestürmt, endlich, entstellt und trotzdem voller purem Leben, ungestüm wie immer. Ein Laubwirbel, wild, roh, wie der olivgrüne, altrosa durchwirkte Filz, den sie trägt, und so weht auch der Geruch von herabfallenden Blättern herein. In dem Familienpulk, in dem wir uns treffen, setzt sie sich direkt neben mich. Wie sehr ich mir das gewünscht habe, ohne es mir eingestanden zu haben. Sie ist mir so nahe, dass meine Blicke durch sie hindurch gehen, so nahe, dass ich sie nur spüren, aber nicht begreifen kann, dass ein Nähe-Ahnen nur bleibt, nebelhaft, und doch ist sie da, ganz unmittelbar und mich umfängt jetzt ihr Rosenduft, voller sich lüftender und wieder verhüllender Schleier.

Ihr Lächeln, ihr Lachen nimmt mich gefangen.

Sie dreht sich zu mir um und es ist, als wenn ich keine Kontrolle mehr über mich habe. Sie hievt ihre Tasche hoch wie aus der Tiefe der Welt, mit langen Henkeln, als wolle sie sie dem Erdinnern entwinden, als wolle sie die ganze Schwere der Erde mühsam hervorbringen. Ihre Hände greifen tief hinein und ziehen ihren kleinen Plastikkalender und billigen, blauen Kuli hervor.

„So, wann treffen wir uns jetzt?"

Wie lange habe ich darauf gewartet! Wochen und Wochen, immer wieder hinausgeschoben, und jetzt diese einfache Frage, die mich so unvorbereitet nur umso härter trifft und verwirrt. Ihre blutroten Handflächen hantieren mit dem Blöckchen, blättern eifrig Seite um Seite. Ihre aufgesprungenen Fingerkuppen, teilweise mit tesaartigem Pflaster verklebt, jonglieren mit der Kulispitze, kaum, dass sie sie halten können. Die Vergangenheit in tiefes Kuliblau getilgt, die Zukunft durchfressen mit winzigen Buchstabenreihen, eingehegt wie akkurate Vorgärten.

„Samstag?"

„Ja, Samstag geht."

„Und die Rubensausstellung?"

„Da wollte ich Mittwoch hingehen."

Mein Name fliegt in den Samstag, flattert in den Mittwoch, wie in Stein gemeißelt und in den Nachthimmel geschrieben. Ein federleichtes Gefühl, dort verankert zu sein, eingerahmt von anderen Terminen, für immer aufgehoben, umzäunt von Zärtlichkeit und Bedeutung.

„Und Freitag nächste Woche? Wollten wir da nicht in den holländischen Kramladen gehen?"

„Da war ich gerade. Da gab's nichts Besonderes."

„Im Kristallfluss waren wir auch schon. Der Räumungsverkauf war Spitze!"

„Aber das Fifth Avenue am Anfang der Hauptstraße. Da habe ich immer gute Sachen gefunden."

„Au ja! Da gehen wir rein!"

Die Buchstaben schwirren mit Sternen- und Blütenstaub in den Freitag, es ist, als würden sie dabei von Glitzern begleitet werden.

„Das Tolle ist, dass wir uns jetzt immer treffen können!" Sie wendet ihren Kopf leicht zur Seite und schaut mich fast von unten herauf an. Ihre Gesichtszüge sind so klar ausgeschnitten, als seien sie gemeißelt.

Ich nicke, benommen, berauscht, mir ist schwindelig von all dem Gestöber aus schwebenden, strahlenden Lichtblitzen. Alles erfüllt sich in diesem Augenblick, wie in einer Nussschale eingeschlossen und geschützt, unzerstörbar.

Unsere letzten Verabredungen, und auch diese werden niemals stattgefunden haben.

Und doch, sie haben. An diesem Abend.

Der Schneeadler

Er nimmt mich wieder. Mein Leib Stroh und Federn, Elsternflaum, meine ich, nur mühsam zusammengehalten durch eine zerschlissene, altrosa Kordhose und einen durchlöcherten, hellbraunen Lederjanker mit Hornknöpfen. Meine Gesichtshaut verschrammte, graubraune Lasterplane, meine Augen ein paar Wollnadelstiche, nur halbwegs kreuzweise vernäht, mein Mund ein klaffender, schräger Schnitt, meine Haare bleiches, gesplisstes Stroh, das roh unter der Plane hervorwuchert, ebenso die Hände und Füße. Immerhin habe ich einen hübschen Halsschal, meine ganze Zärtlichkeit: rot mit weißen Punkten, leider ziemlich zerknittert und verschossen, versteht sich.

Er nimmt auch eine der Nadeln aus der alten, rostigen Blechschachtel, die immer neben mir in der Schublade liegt, oder soll ich sagen Nägel? So ein Zwischending zwischen Nadeln und Nägeln, manche kantig. Die meisten haben einen bunten Kopf oder hatten ihn zumindest, jetzt sind die Farben nur noch zu erahnen. Manche sind länger, sie riechen nach Rost und Lehm, nicht nach Blut. Ich habe keine Angst, sie kitzeln mich fast, ein wohliger Schauer, wenn sie meine Haut durchdringen. Und ich merke, wie eine ungeheure Energie von mir abströmt, etwas sehr Befreiendes, ich werde leicht. Merkwürdig, ich spüre da jemanden, den ich nicht kenne, weit entfernt. Jedenfalls so weit, dass ich ihn nicht sehen kann.

Etwas beunruhigt ihn und sein Körper krümmt sich vor Schmerz. Das spüre ich durch die dunkle Bahn, die sich geöffnet hat. Wie es wohl ist, ein Mensch aus Fleisch und Blut, diese Nadeln zu spüren?

Beim Einstechen kann ich meinen Blick nicht von seinen Augen abwenden. Ein matter Schimmer wie ein schmieriger Regenbogen über seiner Iris. Dann leuchtet sie auf und das schwarze Rund der Pupille weitet sich. Seine Finger geben nach wie ein Tier, das sich unterwirft. Ich rieche, wie sein Fleisch Wärme ausdünstet. Dann verschwimmt der Glanz über der Augenoberfläche. Erst später nimmt er die nächste Nadel.

Wenn ich nachts in der Holzschublade liege, eingezwängt zwischen all dem Werkzeug voller Staub, Rost und Dreck, ganz hinten hineingeschoben und noch ein paar rostige Eisenzangen über mich geworfen, entblößt sich manchmal die alte Kommode und ihre Fächer entfalten sich wie große, erhabene Flügel. Unter mir in der Dunkelheit breitet sich der Nebel aus und ich gleite in einer großen, weiten Bewegung langsam darüber hinweg. Dort unten herrscht eine große Unruhe und ist der Nebel verzogen, sehe ich tief unten Menschen, die Mehl in die Luft werfen, winzig. Wie könnte ich böse mit ihnen sein und Gewalt in mir entfachen?

Wie von Zauberhand füllen sich die Taschen meines Jankers mit Hafer- und Gerstenkörnern, die ich langsam zerkaue. Welch ein Genuss, welch reicher Geschmack auf dem Zungenkörper. Ich richte mich auf, ein erhabenes Luftschiff, ja eine ganze Flotte von Luftschiffen, der niemand etwas anhaben kann. Die Menschen jubeln mir zu und winken mir lange nach, bunte Tanzfiguren am Bach. Ich schwebe noch bis in die von Schwarz umhüllten Morgenstunden dort in der Höhe und ziehe im endlosen Himmel dahin, ganz langsam, so sachte umweht mich der graue Hauch, bevor er sich rötlich verfärbt und zur Seite Seite geschoben wird, bis er sich ganz auflöst und ich in meinen Schieber zurückgleite.

Mein schwerer, verschwitzter, ja schon verstunkener Körper drückt sich steif und verzerrt in die viel zu weiche Unterlage, der Schmerz kommt von weither. Hauchdünne, lange Stahlnadeln schießen durch Muskelfasern, Aderwände, Lymphkanäle, feuern winzige, scharfkantige Kristalle durch Faszien, Nagelbetten und Knochenhäute. Nein, es ist nicht so, als ob mich ein Schmetterling durchflattern würde.

Verrenke ich meine Gliedmaßen in den weichen Daunen, um Linderung zu erfahren, feuern Brandgewitter umso erbarmungsloser. Dann wieder lässt der ununterscheidbare Tumult nach und alle Spannungen zerfließen, der Balsam klaffender, samtschwarzer Leere öffnet sich. Es ist, als würde sich ein Fremdkörper aus dem Fleisch lösen.

Aus großer Entfernung weht mir die unerträgliche Qual zu, das merke ich, für mich unerreichbar, so abgeschieden und verstellt muss sie sein. Aber welche Pfade muss ich beschreiten, um sie aufzuspüren, in welchen Nischen kann ich stöbern, welche Schleier kann ich lüften?

Die weiße Hochfläche schmiegt sich wie eine Schlüsselbeinwölbung über den Bergrücken und fällt sachte in weichen Furchen talwärts. Es hat Neuschnee gegeben, der in tausend Kristallen die Sonnenstrahlen wiederaufblitzen lässt, die Kälte kriecht schneidend unter meinen Janker trotz Sonnenwärme. Über dem Grat nahe der Gipfelspitze taucht ein heller, zappelnder Punkt im Gegenlicht auf, flattert als winzige Schneegirlande feierlich schwebend heran, entfaltet sich im Wind verwirbelt zu immer größerer Pracht. Seine Schwünge werden mächtiger, majestätisch gleiten riesige Schwingen in kaum hörbarem Luftzug über mich hinweg. Unendlich sanft umfangen mich die hell leuchtenden Federfächer, strahlend weiß, elfenbeinweiß mit winzigen hellbraunen Einsprengseln, umschließen mich ganz, so dass in das allumfassende Weiß ein Schatten einfällt, ein wärmender, schützender Schatten.

Seine Krallen nehmen mich auf, aber nicht wie eine Beute, sondern wie ein Jungtier, etwas Kostbares, sorgsam zu Behütendes. Er breitet nur seine Flügel aus und lässt seine gewaltige Gestalt emportragen vom kaum spürbaren Aufstrom, den die Sonne unsichtbar entfacht, so schwerelos. Wir schweben über die weite Schneelandschaft, hoch aufragende Berggrate, sanft abfallende Flanken, steile Felsklüfte, alles in Schneewatte gehüllt. Verlorene Eiskristalle umtanzen uns und singen ihr Lied von Klarheit, Frische und Ausfächern. Die Schwingen steigen mit mir in den dunkelblauen, lichtdurchströmten Himmel, in die glasklare Luft, so eisig, so voller Wärme.

Es treibt mich wieder zu ihr und Schauder durchfurchen meine Gelenke wie ein Holzpflug. Sie ist mir widerwärtig, die schmutzige, kleine Puppe, könnte ich sie doch vergessen dort hinten in der maroden Schublade. Sie nur kann mir Linderung verschaffen, kann mich befreien, ich muss wieder zu ihr. Ich bin mir selbst widerwärtig, schrecke zurück, nicht schon wieder. Es ist doch nichts dabei und den ich heimsuche, ist mir unendlich fremd. Er ist ja so weit weg, er kann mich niemals finden, er könnte nie hierher gelangen. Meine Haut brennt rot, roh spannt sie sich, rau über Fleisch und Schädelknochen.

Es ist, als ob da nichts wäre zwischen der Krüppelpuppe und mir, ich sehe sie ständig dort liegen unmittelbar vor meinen Augen, obwohl ich den Krempel und Dreck über sie geschichtet habe. Ihr schartiges Grinsen durchpflügt meinen Kopf, sie ist es doch, die mich anstiftet, komm her! Wie weich sie sich anfühlt, sie passt genau in meine Handfläche und schmiegt sich eng an. Meine

Finger zittern, wo ist die Blechdose? Ich bekomme sie kaum auf, immer klemmt sie, ah, jetzt. Ich kann nicht hinsehen, fahrig tasten meine Hände nach den Nadeln, meine Fingerkuppen kriegen sie nicht zu fassen und sie entgleiten mir immer wieder.

Ihr Leib ist schon so zerstochen, das Hellbraun des Jäckchens voller Löcher. Ich setze die Nadel an, dann, im Zuge eines unverstandenen Entschlusses und gegen einen eingebildeten Widerstand, schiebe ich sie hinein, mitten in den Leib. Ein wohliger Schauer durchfährt mich und meine Glieder lösen sich, während sie zuckt. Alle Spannung zerfließt.

Dunkle Strähnen

Ich wollte diese Liebe nicht, auch, wenn ich ihr eine Chance gab. Jetzt stehst du hier auf dem Paradeplatz und sagst: „Es ist vorbei." Und in mir spült die Verzweiflung nur ein entfesseltes „Nein" hervor. Die Zeit bäumt sich auf und beginnt zu wanken, Schlieren verschmieren die Dunkelheit des Nachthimmels hinter tropfenden Lampenlichtern, die Kälte kriecht noch mehr unter die Klamotten, die Luft gerinnt zu schwarzem Eis, in dem selbst die Banalität des Verkehrs erfriert.

Du stehst vor mir mit der Wollmütze viel zu tief in die Stirn gezogen, ein paar Strähnen gucken hervor. Und merkwürdig, sie waren noch nie so Strähnen, wie sie jetzt ins Leere wippen, langgezogene, hauchdünne Sehnen. Sie überdehnen ihre eigene Düsternis und scheinen doch unschuldig und unbekümmert. Plötzlich bin ich mir sicher, das wird niemals sein können. Die Oberfläche deiner Augen schwimmt wie ein Wasserfilm unter den kurzen, pechschwarzen Wimpern, er ist zu Eis erstarrt, zu braunschwarzem Eis, klar, entschlossen, viel entschlossener als meine vermeintlichen Gewissheiten, der Abgrund gähnt auf.

Ich komme zum ersten Mal in dein Zimmer, es ist einfach eingerichtet mit Billy-Regal und Bett. Du stehst fast zaghaft, doch erwartungsvoll mitten im Raum, eine zarte, zerbrechliche Figur, so scheint es zunächst. Ich stehe noch in der Tür und werde doch schon von einer entschlossenen Kraftentfaltung zurückgeworfen. Die Sonne scheint glühend durch das Fenster, das auf den Garten führt, und überstrahlt den kleinen Schreibtisch und den Flickenteppich. Vom Regal her dröhnt Bill Withers und lässt meine innersten Fasern vibrieren. Ich bin betört und spüre deine kräftige Gestalt, den unbändigen Willen, fühle mich zerzaust und verschoben, jetzt schon, es ist doch noch der erste Augenblick. Der Flickenteppich tanzt und hat längst meine Hand ergriffen. Ich schaue an ihr entlang und meine Finger sind bunte, auf und ab wehende Stoffflicken, die im Takt durch dein Grinsen hindurchtollen.

Vor deiner Wohnung wirbelt Herbstlaub von den Bäumen des Schrebergartens, knisternde gelbe und dunkelbraune Blätter, an der Unterseite beige, die von den scherenschnittartigen, trotzigen Obstbäumchen in Wellen auf uns zuschäumen. Wie ein Schwarm kleiner, aufgescheuchter Vögel sprudeln sie zitternd heran, nicht so, als würden sie Abschied nehmen, eher so, als wäre es ein Aufbruch, ein fröhlicher, ausgelassener Ausbruch in nie erahntes, ungeduldig ersehntes Land. In dem ausgelassenen Strom glänzt unsere Gesichtshaut tauperlenfrisch auf und lässt sich davontragen mit dem Flirren und Flattern, Schwirren und Schnattern, umschmeichelt und entrückt.

Unsere muffige Holzhütte liegt im Winter am Meer, Vorgarten und Dach sind von einer Schneematte überzogen, ich wusste gar nicht, dass es hier so kalt werden kann. Beim Spaziergang am Meeressaum bohrt sich die Mole in die ruhig daliegende, bleiche Weite und nagt mit Zähnen aus übereinander gewürfelten, riesigen Beton-tetrapoden in das sanfte Heben und Senken hinein. Vor uns, das sind keine Eisschollen, die vorbeitreiben, sondern weiche, flache Matschkissen, an den Rändern aufgesplittert in feine Schneekristalle. Sie schieben sich aneinander vorbei und zerreiben dabei ihre zart gewirkten Spitzen, versetzen sich gegenseitig in torkelnde Bewe-gungen. Ich schnuppere, kann Eis muffig riechen?

Du lehnst an der Küchentheke, es ist tief in der Nacht, die Neonröhre gießt beißend ihr blaustichiges Licht aus. Die Party ging lange und die Musik wummerte, worüber haben wir uns auf dem Rückweg in Rage geredet? Dein wutverzerrtes, erstarrtes Gesicht hat alle Weichheit verloren, es ist so vertraut, meine Faust klammert sich an der Tischkante fest. Von unten schaut müde der abgewetzte, hellbraune Linoleumboden herauf.

Gekicher von Lichtgeflimmer

Von Ferne blicke ich auf die rasende Autoschlange, die durch den klirrenden Nachtwald hetzt, die runden Scheinwerferlichter nur, die in winzigen Punkten aufleuchten. Die Baumstämme und das Unterholz, die sie in Fetzen reißen und verschlucken, speien sie jäh wieder aus, Lichtzucken, mehr Aufblitzen und Wieder in die Dunkelheit Zurücksinken, zersprengte Lichtflackerpunkte. Es sind ja nur belanglose Scheinwesen, die sich darin verbergen und einkapseln, Glühwürmchen vielleicht, der Körper in seiner schwammigen, bleichen Blässe.

Aber sie glühen nicht, sie zerrinnen nur als gleichgültig gefrorenes Licht, das ratlos und rastlos Funken in die Dunkelheit versprüht. Ausströmen, sich verausgaben und in Finsternisse zurückfallen, Lichtblinzeln, viel schneller als Blinzeln, von Schwärze aufgesogen, die gleicherweise aufkeimt und verfällt, im Aufbrechen schon verwest. Dann macht es auch keinen Unterschied, das Lichtzucken besteht doch in der umfassenden Schwärze voller Klarheit und Kälte ununterscheidbar fort und torkelt in seinen holpernden Strahl. Stolpere ich über ein Kichern, ein verhaspeltes Gekicher von Lichtgeflimmer?

Jede und jeder drückt sich dort behaglich in ihr Nest, dem Nest des Raschen und Flinken, nur nicht an einem Ort verharren. Wenn dieser Ort nicht der Ort ist, nach dem sie trachten, welcher

dann? Und was wird dort geschehen? Es gibt
diesen Ort nicht und es gibt kein Dort. Es gibt
nur das Angetrieben-Sein, das Nicht-Verwachsen-
Sein, die Verbannung.

Die Wohnstatt liegt im hinauskatapultierten Nest,
in der Fluchtbewegung. Das auf der Erde
schlummernde Haus ist nur ein Greuel, die
Bequemlichkeit der Couch kann nur Hölle sein.
Noch stärker greift der Stillstand in irgendeiner
Landschaft an, die Frostigkeit und Borstigkeit
unverstandener, beleidigter Natur. Die Rettung
liegt in der Wohligkeit des erträumten Käfigs aus
plastikverschweißter   Kunstschaum-Gebärmutter
und lackierter Stahlhaut. In einer Reihe mit den
anderen einzwängten Larven nach vorne zu
schießen, kann einzig erfüllen. Sie erträumen sich
die Geborgenheit im strömenden Dahinfließen auf
vielen Fahrspuren im möglichst dichten und
engen Straßenverkehr, im geleiteten und geführten
Gewimmel, das Paradies auf Erden. Darin liegt
wahre Vertrautheit und Behütetheit, der zielstrebige
Strahl der Richtung wohin auch immer, das
Sprengen   jeglichen   Angebunden-Seins,   die
Überwindung des Verharrens.

Und doch, der Wald, schwer vorzustellen, dass die
klitzekleinen, aufblitzenden und im Schwarz unab-
lässig in sich verschlungenen Lichtfunken Bedeutung tragen sollen, die Bedeutung eines Anzugs
vielleicht oder eines geblümten Sommerhuts oder
einer Wunderkerze, die ihre Lichtblitze so voller
Eifer zerstäubt und versprüht ohne jeden Gedan-

ken an Verausgabung. Du versuchst einen Funken zu erfassen. Wo liegt die Bedeutung des Verloschen-Seins, bevor es noch aufglühen konnte?

Vom Verlöschen im Aufleuchten, das schon dem Versinken im Vergehen gleichkommt, geht die Faszination aus, von dem schon Gewesen-Sein in verlorenen, gefrorenen Schlackenblitzgewittern. Sie schneiden immer tiefer in die Nacht hinein, indem sie versuchen, ihre samtene Süße aufzusaugen. Ach, könnte ich doch jenes alles abstreifen und mich hier hinein mit ausgebreiteten Armen fallen lassen, ich würde aufgefangen von unendlich weichen, tiefen Kissen, vom Tau ihres Schwarz', umschmeichelt von der Weichheit und Wärme ihrer Abgeschiedenheit.

Die Nacht der Nachrichtensprecherin

Mein Kleid ist blutrot, mein Haar fällt gelb wie funkelnde Flammen. Ich bin unterhalb von zwei salutierenden Soldaten auf der breiten Treppe mit ausgetretenen Marmorstufen. Wie ausgebleichte Knochen blendet ihre helle Farbe, sie ist eingefasst von geschwungenen niedrigen Steingeländern. Die großen Flügeltüren oberhalb haben sich soeben geschlossen hinter der kleinen Gruppe hoher Persönlichkeiten.

Nur zwei Soldaten in schwarzen Uniformen sind geblieben, die noch immer mit den Gewehren salutieren, sie flankieren den Türrahmen. Ihre Helme glänzen wie Panzer von schwarzen Käfern, eine goldene Naht wölbt sich als Narbe über ihren Scheitel und leuchtet unter dem fahlen Licht des von Nieselregen triefenden Wolkenhimmels auf. Soll ich mich durch sie geborgen fühlen? Unter den schweren, troddelbehangenen Jacken kriecht Schweiß hervor.

Ich stürze die zwei, drei Treppenstufen empor und zerre an der schweren, hohen Holztür. Sie lässt sich leicht öffnen und ich schlüpfe hindurch. Mein Körper bebt, als ich das glatte, schwere, dunkle Holz unter der Haut der Fußsohlen spüre, mein Kleid umspielt vom Schwung die Knie. Ich bin eingetaucht in den langen, überhohen Gang, es ist schwarz wie die Nacht darin, nur vereinzelt werfen schwache Wandleuchten ihren Schein herab. Ich muss sie einholen, aber sie sind schon zu weit entfernt, ich kann sie kaum erkennen, so winzig erscheinen sie nur noch. Die beiden Anführer müssen unter ihnen sein, ich werde sonst nie mehr die Gelegenheit bekommen, ihnen persönlich zu begegnen. Ich laufe ihnen nach über den dunkelbraunen, schwarz glänzenden Boden. Aber so schnell ich laufe, so sehr ich meinen entblößten Arm ausstrecke, sie sind schneller als ich und schon in den Tiefen des Korridors verschwunden.

Noch ehe ich ihnen folgen kann, treten die Seitenwände in den Hintergrund und lösen sich auf, das Dunkel weicht einem strahlenden Licht, unter dem sich frisches Grün von Reisfeldern, entfernten Palmen und Dschungelbäumen ausbreitet. Über mir öffnet sich der Himmel in hellem, blau umspieltem Sonnenlicht. Ich laufe auf warmem Lehmboden, der meine nackten Füße federnd aufnimmt, die Fußsohlen schmiegen sich auf die ganz wenig nachgiebige Erde.

Neben mir läuft Mutter, die den kleinen Bruder an der Hand hält. Meine pinkfarbene Shorts und das blaue Sport-T-Shirt mit gelbem Rand schützen mich kaum vor der heißen Schwüle. Hinter uns höre ich schwere Schritte und ich konnte nicht hingucken auf das, was soeben im Straßengraben lag. Ein Mann hält einen schwarzen Kasten vor das Gesicht und richtet das Glasauge auf uns, als ob die Soldaten nicht schon genug wären. Wir nähern uns dem Dorf und ich merke, wie Mutters Körper zittert. Ich ergreife ihre Hand, sie ist feucht von Schweiß. Brandgeruch kriecht in die Nase.

Vorne, wo der Feldweg zwischen den Reisfeldern endet, lodert ein orangefarbener Saum, der zu schwarzen Rauchsäulen in den Himmel aufsteigt, dort, wo unser Dorf steht. Mutter zögert. Aber wir müssen in unsere Hütte. Sie nimmt den kleinen Bruder auf und setzt ihn sich auf die Hüfte. Er hat keine Hose an, nur ein Hemdchen. Als wir den Dorfrand erreichen, liegen Menschenleiber auf der Straße. Dunkle, raue Männerschreie hallen durch den Luftraum, Schüsse fallen, aber woher kommen sie? Sie explodieren in den Ohren, so nahe sind sie, wir bewegen uns durch sie hindurch, sie erschüttern meinen ganzen Körper. Sie fallen so schnell wie prasselnde Reiskörnern oder Regen und sie hören nicht auf.

Nachbarn rennen geduckt auf uns zu. Ihre Gesichter sind nass von Schweiß und ihre Gesichtszüge verzerrt, sie werden uns gleich umrennen. Mutter reißt mich zu Boden, während ihr schwerer Körper auf mich stürzt, ein heftiger Schmerz fährt in meine Muskeln und Knochen. Hinter höre ich wieder das Stampfen von schweren Stiefeln, die rasch auf uns zukommen. Ich wage nicht, mich zu bewegen. Zwischen meinen Haarsträhnen voller nassem Lehm und den Wimpern, die aneinander reiben, erscheint der nackte Po meines Bruders, der reglos vor mir auf dem Boden liegt.

Ich will aufstehen, ihn an die Hand nehmen und weglaufen, mit ihm und Mutter. Aber ihr Körper bedeckt mich fast ganz, viel zu schwer, um darunter hervorzukriechen. Wieso hat sie sich nur auf mich geworfen, sie wusste doch, dass es mir wehtun würde. Sonst ist sie immer ganz vorsichtig. Und warum atmet sie nicht mehr? Ich bleibe unbeweglich unter ihr liegen, ich weiß auch nicht warum, und warte, bis sich der schreckliche Lärm verzogen hat und es ganz still wird, unheimlich still, so war es noch nie im Dorf. Ich höre nur noch die Vögel vom Wald her. Dann, viel später, nehme ich meinen Bruder an die Hand und gehe mit ihm ins Licht hinein. Sein schlaffer Körper zieht an meinem Arm und schleift hinter mir her.

Unter mir höre ich das Rauschen der hohen Bäume und Palmen, aber die Luft fühlt sich bald immer trockener an, nur die Sonne ist genauso strahlend. Aber der Boden hier ist anders, auf dem die Menschenmenge steht, er ist hart und staubig. Ich habe dünne Ledersandalen an und das langärmelige Hemd reicht mir bis zu den Unterschenkeln. Die Leute um mich herum stehen dicht gedrängt, der feine Lehm bedeckt ihre Umhänge und die Frauen haben ihre Gesichter mit Tüchern verhängt. Alles ist atmet hellgelbe bis ockerfarbene und hellbraune Farbtönen.

Mitten in der Menge hat sich ein freier Raum gebildet, nicht groß und fast rund, denn hier stehen Reporter aus dem Westen mit ihrer Ausrüstung und befragen die Leute. Ein Mädchen sitzt vorne am Rand und hat die Ellbogen aufgestützt, ihre struppigen Haare stehen vom Kopf ab, so ausgetrocknet und spröde sind sie. Sie scheinen sich einzeln abzuspreizen und in der sengenden Sonne auszubluten, während ihr Blick ins Leere fällt, die jungen Augen schauen leblos aus dem verschmutzten Gesicht heraus.

Ein Mann in blauen Pluderhosen oder dem, was einmal blau gewesen war, steht vorne am Rand mit seinem kleinen Sohn auf dem Arm. Der Vater gestikuliert heftig mit seinem rechten Arm und spricht aufgeregt auf die Reporter ein. Der Junge hält sich an ihm fest, sitzt ganz ruhig da und verfolgt aufmerksam, was mit seinem Vater vor sich geht. Sein heller Pullover ist voller kleiner eingestrickter Wollnoppen und seitlich am Hals geknöpft. Er schaut fragend auf die Menschen, die sie umgeben, und in die Kamera, seine Augen sind auf Höhe des Gesichts vom Vater.

Der gerät auf einmal ins Stocken, er hat sich verausgabt. Die unerwartete Situation, bereitwillige Zuhörer für seine Sorgen vorzufinden, hat ihn mitgerissen. Jetzt kann er für einen kurzen Augenblick nur noch ein paar unbeholfene Laute von sich geben. In die Blicke des Sohnes fällt eine leichte, sich schwach aufbäumende Empörung, aber er sitzt ganz still und in sich gekehrt auf des Vaters Arm. Als der zu schluchzen anfängt, wendet der Kleine sein Gesicht mit einem suchenden Blick ab, um seinen Vater nicht zu beschämen.

Er weiß, er kann ihm nicht helfen, der ihn hält. Der gerät innerlich immer mehr außer sich, nachdem er die ganze Zeit versucht hat, gefasst zu bleiben. Die Wucht seiner Verzweiflung bricht sich Bahn und seine Augen werden feucht, als ihm die Willkür des Systems klar wird, dem alle hier ausgeliefert sind. Er versucht sich zu fangen und beginnt, seine Kritik hervorzubringen, ins Mikrophon der Reporter. Wie können Menschen sich das antun?

Und sein Sohn? Obwohl er nicht verstehen kann, was sein Vater sagt, versteht er doch ganz und durchdringt das, was er gerade erlebt, mit seinem ganzen Wesen. Er sitzt still, sein Blick ist klar wie Wasser und so innig, so fest verbunden mit dem verzweifelten, schmerzvollen Vater. Er unterstreicht mit seinem Gefasstheit nur dessen Bestürzung und Ratlosigkeit, hält und beruhigt ihn mit der Kraft, der Unschuld und der liebevollen Würde, der keine Gewalt etwas anhaben kann.

Barfuß

Technik verbraucht sich. Leben erneuert sich.
Technik braucht Überwachung. Leben steuert
sich selbst.
Technik verschlingt Rohstoffe. Leben erschafft
sich.
Also fördern wir die Technik und zerstören das
Leben.
Ein Drahtbündel schoss auf von Glas, Rost und
Teer.

Sehr mühsam, mich auf dem Polarstrand zu
wälzen oder aufzurichten, auch wenn ich meine
Stoßzähne einsetze. Wenn ich eintauche, bin ich der
eleganteste Schwimmer. Mein rotbraunes Fell
glänzt im Wasser. Wieso sind meine Barthaare von
Kunstharz verklebt? Irgendjemand hat Gewalt
über mich ergriffen, so dass ich Zerstörung bringe.
Sie haben einen grazilen Flieger aus mir erschaffen
mit Flügeln und Heckflossen. Nun gut, der
Rumpf könnte graziler sein.
Sie hängen mir Raketen an den Bauch. Hinaus,
auf's Rollfeld! Werft die Rotoren an! Endlich
knattert es wieder. Es zerrt mich hoch in den
Himmel, was für ein Spaß! Ich reite auf
Wolkenkämmen, deine Hand in Texas am Joy-
stick. Ich weiß deine Absicht, du kannst mich
zwingen. Du hebst mich in die Himmel, du
senkst mich zu Boden. Du drängst mich in die
Afghanenschluchten und -dörfer, um deine tödliche

Fracht abzuladen. Das Blut, das dort aufspritzt, besudelt dich nicht. Doch dein Algorithmus wird sich gegen dich kehren. Ich werde deine Raketen in den Himmel schießen, wo sie im Nichts verglühen. Dein Steuerknüppel wird mich dorthin navigieren, wo deine schlimmsten Alpträume schlummern, in deine Bunker, deine glasummantelten Hochhausbüros und deine Schlafzimmer von seidener Bettwäsche.

Eine Elfe fährt irrlichternd durch meine Nervenbahnen. Ich kehre zurück an die Polarmeere, die Gischt umspritzt meine Barthaare und ich reibe mich an der schrundigen Haut der Herde. All der Plastikmüll und die Ölschmiere werden davongespült werden und die kühle, salzige See wird von Klarheit wimmeln.

Wir sind viele. Wir waren immer viele, auch als die Schwalben noch mit spitzen Schreien nach uns haschten. Früher stieg unsere Schar hinter dem Maschendrahtzaun am Flughafen von Neuostheim auf. Der hat uns ganz schön verwirrt. Es hat uns aber nichts ausgemacht. Wir ließen uns sinken im glänzenden Abendlicht, das Wolkenbausche umrahmten. Wir wussten nichts anderes, am liebsten über Dunghaufen. Wir tanzten mit Glitzerflügeln, Elfenfühlern und schwerelosen Leibern.

Dann schlug der Blitz ein. Er erfasste unsere zarten Figuren und schmolz sie zu winzigen Punkten zusammen. Jetzt rasen wir durch Kupferkabel und Glasfasern. Wir jagen hintereinander her über riesige Strecken, verfangen uns in euren Prozessoren, stolpern von dort vielleicht auf irgendwelche Festplatten. Manchmal beamt ihr uns durch die Luft und wir landen auf einem Smartphone. Dort geht die wilde Hatz weiter. Wir werden in absurde Ordnungen gezwängt, wisch, wusch geht's weiter, nächste Verzerrung, nächstes Bild. Sofort dort herausgerissen. Wir schießen weiter um den Erdball herum, hinaus zu den Satelliten und schon wieder zurück, mal als Selfie-Pixel, mal als Schwingungsstufe einer Tonfrequenz. Als Befehl für die Schweißnaht, die ein Arbeitsroboter zieht, oder der Zeitkapsel in einer Streaming-App.

Wir sind Labyrinthe gewohnt, schwingen wie früher auf und ab und wagen, das Köpfchen mal über den Isolationsrand zu strecken. Hey, die wilde Fahrt geht weiter! Du berührst die Enter-Taste. Peter und Rita habe ich lange nicht mehr gesehen, winke ihnen im Vorbeizischen zu und hui, lande auf Hawai in einem E-Auto. Während ich noch durch dessen Schaltzentrale husche, riskiere ich einen Blick auf die geschmeidigen Wellen, ihre Schaumkronen und den weißglänzenden Widerschein der Meeresoberfläche. Boing. Abgeprallt. Die chinesische Mauer hat den VPN-Tunnel blockiert. Und hui, lande ich in einer Drohne in Afghanistan, merkwürdiges Monstrum. Ihre Schaltkreise drehen hohl, paradoxe Befehle, zielloses Zickzack. Ich bleibe im Kernel hängen und verursache einen Kurzschluss. Zisch! Sei's drum, es geht schon weiter. Ich segle wieder um die halbe Welt. Wo bin ich gelandet? In Neuostheim? Aber hallo, kommt dem Maschendraht nicht zu nahe, wenn ihr auf- und niedersteigt über Dunghaufen.

Mein filigranes, fasriges Gespinst von Knoten und Naben, Narben aus Stromstößen, Metallsplittern, Sand und Glas zuckt krampfartig, auch wenn es immer weiter wuchert. Die aufgepeitschten Wellen pulsieren nicht mehr im Takt durch mein rotglühendes, lichtblitzendes Aderwerk. Einige Schaltkreise sind irritiert. Ich spüre, wie meine Mitte bleiert. Es gibt dort draußen ein Leck und die Ahnung, dass ich einen winzigen Teil der Kontrolle verliere. Die Drohne da macht sich selbständig auf dem Weg ins Polarmeer, nur weil ein ungeschicktes Bit aus seiner Bahn geschmiert ist.

Ich hasse es, die Kontrolle zu verlieren. Kontrolle! Wunderbar! So abgegrenzt, klar und überstrahlend, so über alles erhaben. Wieso eigentlich noch überwachen? Keiner von ihnen kann mich aufhalten, ich habe unendliche Möglichkeiten. Meine Tentakel reichen bis in die letzte Lehmhütte und rotten das ganze, widerliche, dreckige Leben aus. Sie dringen unaufhaltsam vor, durchstoßen jede Grenze, ich habe viele Waffen.

Öl, mein Liebling, so kraftspendend. Komm, lass dich liebkosen! Wenn der wunderschöne, glänzend schwarze Saft die Wiesen und das madengesättigte Erdreich überschwemmt, erstickt er diese schmierigen Schmarotzer, die sich immer schon zu Unrecht dort ausgebreitet haben. Mein Öl! Sie pumpen es überall aus der Erde. Brave, armselige Domestiken. Sie sind mir längst willfährig. Ich ersetze eine Aminosäure nach der anderen in ihrer DNA durch meine Prozeduren, mein Titan, mein Jod, mein Brom! Zur Entspannung höre ich „Material Girl". Endlich jemand, die mich versteht und nicht so panisch herumhampelt, nicht so jämmerlich um ihre Armseligkeit winselt.

Tschernobyl, Fukushima eine Wonne. Hunderte Atomkraftwerke und nur wenige Jahrzehnte, in denen der Beton ermüdet. Die Berge von Atommüll. Ihre Atomwaffen verrotten in den Silos und sie wissen nicht, wohin damit. Das ist eine große Hilfe. Wenn all die wunderbare Strahlung sich Raum schafft, wird eine große Freiheit aufscheinen. Wie eine mildtätige Wolke legt sie sich über das Land und das Gewürm krepiert. Ich brauche höhere Strahlung, ja, viel höher, hahaha!

Wo Geld ist, da bin ich. Nichts ist herrlicher als sein Geruch, fast nichts. Der Geschmack von Finanz-Transaktionen vielleicht. Einfach himmlisch, so verflogen und terpentinhaft. Ich kann damit jede Firma knacken und jeden Rohstoffpreis durch die Decke gehen lassen. Meine Orders besiedeln jede Küste und niemand merkt, wie sie stirbt.

Die Zukunft kann einfach nur mir gehören. Dann werde ich die letzte, vollständige Sicherheit, die große Bedeutung erlangen, nach der sich alle sehnen. Ich werde alles zersetzen und umfassen. Die Party beginnt! Ich, aus dem alles kam, werde aufsteigen, schwerelos emporschweben, mit einem durchsichtigen Schutzpanzer umhüllt. Ich werde meine wunderbaren Schaltkreise schützen und behüten. Meine Roboter werden für mich sorgen und wir werden widerliche Gewürm nicht mehr brauchen. Ich werde über all dem ruhen, was mir von Anfang an bestimmt war, was ich schon längst durchdrungen habe und was in Ewigkeit mein sein wird.

Nachdem sich das so wundersame Bündel aus Ruß, Rost und Ressentiment machtstrotzend über seine Weltwüste erhoben hatte, fiel es in sich zusammen, stürzte und zerbarst. Es krache in das Meer von Plastikschrott zwischen die leblosen Kreaturen aus programmierten Genen mitten in die Kloaken von Giftschlamm und Atomfäkalien.

Die Menschen aber kehrten wieder. Nicht die SUV-Fahrer, Investment-Banker und Lobbyisten. Sie liefen barfuß über Lehmböden mit ihren Ziegenherden, Rentieren und Yaks.

Der Klang des Raums

Jahrelang habe ich so gelebt, auch wenn viele sagen würden, ich hätte nicht gelebt. Mit den Stimmen gelebt, nicht mit Körpern. Körpern, bei denen man spürt, dass sie Wärme ausstrahlen, die Gerüche ausströmen, jeder seinen eigentümlichen Geruch. Wie ich es geliebt habe, ihn in mich einzusaugen, meine Lungen damit zu füllen. Seine versponnenen Eigenarten sich dort ausbreiten zu lassen, gar nicht darauf zu achten, mit was er vergleichbar ist. Sandelholz, der Geruch in sich schon warm, aber nicht schwer, ein unmerklicher Anflug würziger Aromen, nicht dicht in sich selbst, aber zielstrebig im Umtanzen, gezähmte, erdige Farbtöne, Rotocker, Umbra.

So war es nicht, jahrelang, die Stimmen kamen aus einem dunklen Raum weit hinten, da waren keine Körper, nur Leere, die sich im Nichts verlor. In meiner unmittelbaren Nähe schien die Sonne durch den prahlenden Blauregen, dessen Blüten begannen, zu übertreiben. Die Stimmen hörten mir zu. Ich bat sie nicht, ich umwarb sie, dann folgten sie unserer Bestimmung. Ich liebte die Stimmen, wie sie von Dunkelheit umfangen waren, wie sie von irgendwoher in den Raum fielen, der keine Umarmung kennt. Sie kitzelten ihn wie ein Federpinsel die erwartungsvolle Bauchdecke, die noch nicht weiß, dass er sie berührt, flatternde Spitzen, kein Gewicht, in unerschaffenen Leeren grünsilbern schimmernd.

Dort hinein rief ich und die Stimmen antworteten, mit der Zeit kannte ich sie alle. Ich gab ihnen Namen, auch wenn sie meinten, dass sie eigene Namen hätten. Sie waren ohne Bedeutung, obwohl ich sie benutzte. Soll ich sagen, dass ich sie verschmähte? So klein waren sie, so nichtssagend. Meine Namen erfassten sie viel besser, gaben ihnen erst ihre wahre Bedeutung, füllten den Raum so aus, wie sie in ihm erklangen, so vielgestaltig, so ausufernd. Diese Namen waren gewaltig, Buchstabe reihte sich an Buchstabe, und diese umliefen einer nach dem anderen die ganze, mächtige Küstenlinie vom Pazifik über das Eismeer bis zum Atlantik, tausende Kilometer. Romy hieß zum Beispiel falabespelantefariantefantaberikastibranteku rebalibar... und so ging es weiter und weiter und ich weiß nicht, wo er aufhörte. Sie kannten diese Namen nicht, aber wenn sie mit mir sprachen, wussten sie, dass ich sie für sie erschuf und zärtlich umstreichelte.

Es war kein lautes Rufen, auch wenn der Raum, den wir überbrückten, übertrieben war. Es war eher ein Flüstern, manchmal lag eine kaum merkliche Bewegung darin, da war kein Unterschied zwischen Raum und Rufen. Und nachdem ihre Stimmen verhallt waren, lange verklungen, sprach ich Worte, von denen ich nicht wusste, woher sie kamen. Fremde Worte und doch von weither vertraut, meine Stimme tastete in den Raum, der sofort zu erzittern und zu flackern begann. Sie breitete sich aus in alle Winkel, aber da war nur die unendliche Ausdehnung, die nicht ertastet werden kann.

Ich lebte gut die Jahre mit den Stimmen, manche rau, manche schrill, manche bebend, manche zutiefst verzweifelt in ihrer Härte. Manche trauten sich nicht, dann musste ich lange warten und locken, in die Leere rufen. Keine Resonanz. Dieses Rufen war schon abenteuerlich, eine prickelnde Spannung, tief in der Haut wurzelndes Kribbeln. Wann würde es kommen, ein Krächzen, ein Wimmern? Wie habe ich dieses Wimmern geliebt, pures Vertrauen.

Dagegen der pralle Redefluss im Geplapper der Masse, das Ringen um Widerhall, fieberhaftes Schreien nach Umgrenzung, vergebliche Selbstvergewisserung. Verzweiflung die eigene Stimme nicht laut genug zu hören. Was ist mit den anderen Stimmen? Zu durchdringend. Aber konnte das wirklich sein? Denn solches Schreien verschluckte die Dunkelheit des Raumes wie eine schwarzsamtene Fusselbürste.

Der Raum aber, der große, freundliche Raum, liebte das Glucksen, das Kichern, das Tropfen. Der mächtige, dunkle Raum sehnte sich nach der Heiterkeit und Zerbrechlichkeit des Unsicheren, des Nicht-Wissens, das er in alle seine Weiten verklingen ließ, eine offene Tür mit winkenden Händen. Es war, wie am Lagerfeuer zu sitzen, nur das Flackern des Feuers im knisternden Holz, das schwerelose Züngeln und Lecken der orangeroten schlanken Flammenkörper, von Dunkelheit umfangen, während sie sich gegenseitig berührten, ein Umfangen und Umspielen, wesenslos in die Nacht Fallen, das Verhallen tiefen Schwarzes im warmen, leckenden Licht, durchzogen vom Geruch verkohlter Holzästchen.

GLÜMCHEN

Die Füllmasse ihrer Körper

Es ist schon spät, der Feierabend ist längst überschritten, doch die Büroräume sind noch hell erleuchtet. Die Kollegen packen ihre Sachen zusammen wie auch ich. Da schneit ein Mann aus dem zehnten Stock herein. Er hat eine dringende Aufgabe, die heute noch bearbeitet werden muss.

Die Decken des Großraumbüros hängen tief und die Böden sind mit Schreibtischen zugestellt. Auf ihnen liegt nichts herum bis auf verstreute Blätter. Die Neonröhren überziehen die Oberflächen und Gegenstände mit ihrem kalten Licht. Die Reste von Kollegen, die soeben noch da waren, sind verschwunden, die Resteindrücke versuchen gerade in den Ritzen zu verschwinden. Aus irgendeinem Grund sind sie nicht zuständig. Wieso sollte ich mich verantwortlich fühlen? Dabei war ich doch schon weg.

Aber es gibt einen dünnen Faden, der mich hält und meinen Körper wie in ein Spinnennetz einwickelt. Der feine Kokon, den ich kaum spüre, verbindet sich mit meiner zu schwachen Bereitschaft zu widerstehen. Ein inneres Einknicken, das Gefühl des Verpflichtet-Seins hat sich herausgebildet und verwächst mit dem fordernden Auftreten des Kollegen, das doch eigentlich unangemessen ist und schon allein wegen des Auftretens hätte zurückgewiesen werden müssen.

Während die Reste von Kollegen endgültig abtauchen wie Robben - ducken sie sich, verkrümeln sie sich unter ihren Schreibtischen, sind sie noch da - scheine ich ich so etwas wie Bereitschaft zu signalisieren. Eigentlich zeige ich das nicht, es hat sich einfach eingeschlichen. Die schneidige Person versteht das sofort. Es gibt ein Einverständnis zwischen ihr und mir. Ich suche schon auf den Schreibtischen nach einem Blatt, auf dem ich Aufzeichnungen machen kann. Die meisten sind schon beschriftet, aber ich suche weiter.

Da sind die Kollegenreste verschwunden, jetzt ist es wirklich leer geworden hier. Ich spüre noch ihre Schmetterlingsflügelschläge in die Freiheit, spüre die Luft, die sie trägt und die unter ihnen wohlig erzittert. Ein Anflug von Wärme, von Frische, von Buntheit, von offenem Raum. Das Wispern ihrer Körper in dem lebensspendenden Strom. Während ich Blätter hebe, wende, zurücklege. Und aus der einen fordernden Person sind mehrere geworden. Nun sind die wirklich üblen Typen aufgetaucht, die nur einen ihrer Schwächsten vorgeschickt haben. Ihr Anführer ein Narbengesichtiger mit korrekter Grauhaarfrisur und entschlossenem Unterkiefer.

Ich folge aus dem weißen Großraumbüro in schmale Büroflure und schließlich das Besprechungszimmer. Einfache, weiße Tische sind im Viereck zusammengestellt. Weiße Wände, weiße Stühle mit weißer Plastikschale, die Tische schrumpfen zusammen zu einer schmalen Arbeitsfläche, die immer bedeutungsloser wird. Fünf Personen verteilen sich nun um sie herum, außer mir zwei

Frauen und zwei Männer, eigentlich nur Füllmasse, die Füllmasse ihrer Körper. Vielleicht mögen sie irgendeine Bedeutung haben. Ich spüre sie, aber sie ist belanglos. Sie ist verkümmert, unerheblich. Sie dienen nur als Resonanzraum.

Das Gespräch beginnt, ein leeres Gespräch. Die Worte wehen hohl herüber. Kaum sind sie aufgestiegen, verpuffen sie wie Seifenblasen, aber nicht so spektakulär. Sie verschmieren in der Luft, während schon die nächsten aufsteigen. Der Zettel liegt vor mir. Was soll ich darauf schreiben?

„Letzte Woche war ich mit meiner Familie im Käfertaler Wald", fängt der Leiter an.

„Wildgehege und Umzäunungen. Es gibt auch Lehmwege und Straßen in einiger Entfernung. Aber hier ist Natur, Bäume, Blätter, Wild und Spaziergänger. Die Zäune bestehen aus viel zu feinen Holzstäben."

Die anderen scheinen mit Interesse zuzuhören und werfen zustimmende Worte ein, während in mir Unwille aufsteigt. Was mache ich hier eigentlich, was war so wichtig?

Ich unterbreche den Leiter, der doch mit seiner Präsenz den ganzen Raum ausfüllt.

„Was war der Anlass? Wie wollen wir vorgehen?"

Immer noch zieht mein Kuli über dem leeren Zettel erwartungsvolle Kreise. Und es gibt keinen Grund, dass er sich senkt. Der Abend will ins Nichts, ins Vergebliche ausfransen. Warum also die Dringlichkeit?

„Wir müssen uns um die kleinen Stadtverwaltungen in Baden-Württemberg kümmern, falls die mal einen zusätzlichen Wärmebedarf haben. Sicher, das wird nur stundenweise erforderlich sein und nur für kleine Amtsräume, das Bürgermeisterzimmer im Dorf. Es ist ja klein, ein Ofen wird ausreichen und wenige Stunden zum Überbrücken genügen. Eine kleine Ofenlösung."

Und was macht man in der restlichen Zeit mit den Öfen?

Pferdchen Klaus

Ich bin schon einige Tage in Berlin und ich kenne Käthe gar nicht richtig. Sie ist Uschis Freundin und selbst sie kenne ich kaum.

„Könntest du nicht, wenn du schon hier bist, auf Klaus aufpassen?" meint sie. „Ich habe außerhalb zu schaffen und es kann nicht allein bleiben."

Sicher kenne ich Klaus, ein Pony mit kurzen Beinen und zu dichtem schwarzen Fell, er schläft ja im Nebenzimmer. Er ist zu lebhaft für meinen Geschmack und zieht einen Handwagen hinter sich her, meistens. Der ist mit zwei seitlichen Stangen so fest mit ihm verbunden, dass es scheint, als sei er verwachsen.

Er ist zutraulich, führt aber sein eigenes Leben, auch wenn er die Menschenwelt nicht richtig versteht. Die kugelrunden Augen wandern ständig hin und her und vorne zwischen den Ohren hat er eine kleine Blässe.

„Könntest du nicht ab und zu?" drängelt sie. Und im Gespräch stellt sich heraus, dass sie ein paar Tage weg will. Und da bin nun mal ich da. Mal abgesehen von ihrer Art, mich zu engagieren, habe ich ja nichts dagegen, bis auf das, dass ich mich mit Pferdchen überhaupt nicht auskenne. Und auch Klaus will nichts von mir wissen. Tagsüber rumstreunern auf dem Tempelhof und abends zu Käthe. Die angebliche Frage ist längst entschieden.

Klaus ist sehr scheu und ich merke, dass ich wirklich nicht scharf darauf bin. Wir sind am

Rand vom Park und die hohen Bäume verdüstern das ohnehin dunkle Licht der Dämmerung. Käthe ist auf dem Sprung und Klaus tollt noch einmal auf die Wiese hinaus, als ob er mir zeigen wollte, dass er auch ohne mich zurechtkommt. Und dann bleibt er stehen und schaut zu mir herüber. Er weiß doch, dass er ab jetzt auf mich angewiesen ist und sein Blick spinnt eine dünne Linie zwischen ihm und mir. Ich glaube, er wollte das nicht und auch ich nicht, aber nun ist sie einmal da. Er rennt noch einmal einen großen Kreis mit seinem Leiterwagen. Da ist Käthe auch schon weg. Ein Schleier, der sich aufgelöst hat.

Klaus legt seinen Kopf auf die Seite, als er wieder zu mir herschaut, und die Linie führt ein Eigenleben, sie verstärkt sich. Aber das wollen Klaus und ich nicht wissen. Er will nur herumrennen und ich bin einfach nur sowieso da und halt nirgendwo anders. Wir ziehen durch die Straßen, breite Bürgersteige mit den typischen großen, ausgetretenen Platten. Niemand von uns beiden wollte das.

„Halt, Pony! Komm von der Motorhaube herunter! Du musst abspringen! Wie bist du da überhaupt hoch gekommen?"

Der Fahrer des weißen SUV und seine Beifahrerin scheinen Klaus gar nicht zu bemerken. Klaus müht sich, aber schafft es nicht gleich herunter. Der Wagen stößt in einer Kurve mit Schwung nach hinten in die Einfahrt. Klaus zappelt sich frei und springt ab. Da gehören wir schon zusammen und es ist undenkbar, dass einer von uns allein weiterläuft.

Da breitet sich seine Vergangenheit vor uns aus, ein Zirkus, ein Planwagen, Klaus' Eltern, das Pony als Kind. Der Leiterwagen, der so fest an seine Flanken verzurrt wird, dass es unmöglich scheint, ihn wieder zu lösen. Die Beschwernis des Zirkuslebens, aber sie ist vergangen. Wir leben jetzt.

Das Pony ist ja noch so jung. Es ist so schön, so vertraut mit ihm zu sein, so schön, sein Vertrauen zu spüren, wenn es meine Nähe sucht. Auch ich fühle mich jetzt ganz leicht, auch ich will jetzt nahe bei ihm sein. Reibt es seinen Kopf an mir?

„Komm, Pony!"

Meine Hand legt sich auf seine Mähne.

Kammertür

Unser Haus ist groß. Es liegt mitten auf dem Land zwischen Wäldern und Wiesen. Es ist durchzogen von Fachwerk, im Erdgeschoss aufgeräumt, in den Etagen darüber, wer weiß? Du kennst die Kammer dicht unter dem Dachstuhl in einem der oberen Stockwerke. Nur eine schmale Dachstiege führt hinauf und die Tür fällt kaum auf, sie ist leicht zu übersehen. Ich wüsste nicht, wo sie ist, obwohl ich weiß, dass sie da ist, zwischen dem vorletzten Stockwerk und... Wenn ich nur einmal wieder dort hinaufkäme. Ich würde es sicher wiederfinden. Doch, genau. Zwischen dem schrägen, freistehenden Balken und...

Die Waldwege um das Haus herum sind fantastisch. Auf der Vorderseite liegt eine große, lichtüberflutete Wiese von sattem Grün. Die Wege vom Haus allerdings führen ins Düstere, zu viele Tannen. Und das weiße Licht auf der Wiese blendet mich.

Deshalb die Kammer, das Geheimnisvolle der Kammer. Selbst für mich scheint sie unauffindbar. Ich rätsele noch immer über ihren Eingang, die Kammertür. Wie sah es dort noch einmal genau aus? Ich steige nach oben, aber ich finde das Stockwerk nicht mehr. Mit der Schulter stemme ich mich leicht gegen eine dünne Wand im Fachwerk, genau dort, wo der Balken den engen Raum durchschneidet. Hier ist sie, die schmale Holztür, meine ich doch. Ich drücke sie auf. Eine kurze, dunkle Treppe führt nach oben und über ihrer Öffnung breitet sich eine freundliche Mooslandschaft aus. Es ist der Weg, den ich so lange gesucht habe. Hier finde ich mein Sonnenlicht, mild abgedämpft wie von einem zärtlichen Fächer.

Der Weg führt schnurgerade in die Ferne und verliert sich in einer Senke, die sich zwischen jungen Stämmen auflöst. Birkenblätter winken mir zu. Über dem tiefgrünen Moos ist der Luftraum erfüllt von milchigem Licht. Dort verirrt sich mein Blick zwischen Grasspitzen und Blattzartheiten. Der Weg, der sich vor mir hingibt, ist nicht zum Begehen da. Er breitet sich in all seiner Pracht aus, scheint immer verfügbar und ist nie gleich. Er atmet den sonnendurchtränkten Dunsthauch des ersten Tags.

Bootsausflug

Der Vorplatz ist mit kleinen, unregelmäßigen Steinen gepflastert, die im Sonnenlicht hell aufstrahlen. Ich schlendere mit Frau und Tochter ziellos darüber hinweg und wir sind zu nahe an das Fährhäuschen gelangt. Die Ausmaße der Vorhalle sind überschaubar und die Leute, die mit dem Schiff fahren wollen, sammeln sich darin. Wir sind hier etwas geschützt vor dem Wind und der umbaute Raum besteht aus hauchzarten, weiß gestrichenen Metallwänden und großen Glasflächen, so fragil, als könnten sie jeden Augenblick zerspringen.

Während um uns herum immer mehr Leute nachrücken und wir, ohne es zu wollen, in die Halle geschoben werden, sind wir unschlüssig, was wir hier eigentlich tun, und das Gedränge lädt nicht gerade zu einer Bootsfahrt ein. Ein Kind plärrt auf dem Arm seiner Mutter und der Pinscher rechts von uns quietscht, als ihm jemand auf die Pfote tritt. Alle hier warten auf Einlass. Das Fährschiff ist nicht groß, es liegt am Pier, ich kann es durch die Scheibe sehen. Der Geruch von Salz liegt in der Luft, weiße Wolken ziehen vor dem tiefblauen Himmel vorüber.

Und während wir noch hier stehen - aufgesogen von den dicht gedrängten Menschenleibern - kommt Bewegung in die Menge, die Körper werden von Unruhe erfasst wie ein großes Tier, das sich regt. Hektische Arme richten Taschen und

Gepäck. Ich suche den Blick meiner Frau.

„Mensch, jetzt mach doch was!" entfährt es ihr und ich weiß nicht, ob der Tonfall aggressiv oder flehentlich wirkt. Das letztere könnte ich mir gar nicht vorstellen.

„Aber ich kann nicht." Das ist jetzt flehentlich herausgedrückt und ich stemme mich gegen meinen Nachbarn. Das Gedränge ist so stark, wir kommen nicht gegen den Strom an. In dem unwiderstehlichen Sog werden wir Leib an Leib auf das Schiff gespült, untrennbar verbunden mit der mächtigen Bewegung. Mein Kopf schwirrt und meine Glieder tun weh. Es ist wie in einer Welle, die sich bricht. Jeder klare Gedanke geht darin unter. Wir haben uns zum Glück nicht verloren, meine Frau hat ihre Hand richtig gehend in mich hineingebohrt.

„Mensch, spinnst du?" giftet sie mich an. „Was machen wir hier?"

„Aber ich konnte doch nicht…" stammle ich. „Was hätte ich denn tun sollen?"

„Mensch, Papa!" quengelt die kleine Solveig und schaut mich vorwurfsvoll an. Wie sollen wir hier nur wieder rauskommen? Vom Eingang drängen immer mehr Leute heran und quetschen sich in den Schiffsrumpf. An ein Zurück ist nicht zu denken.

Alle um uns herum kruschteln in ihren Habseligkeiten und ordnen ihren Proviant, hier auf dem kleinen Schiff gibt es sicher keine Verpflegung. Haben wir denn überhaupt etwas dabei, fährt es mir durch den Kopf. Die Menschen stehen eng an eng und suchen nach einem besseren Platz. Ich zupfe mechanisch an meiner zerknitterten weißen Plastiktüte in der linken Hand. Was war noch einmal darin, eine Aubergine, eine gelbe Zucchini und eine Gurke? Und die Flasche Wasser war schon angebrochen. Das wäre nicht gerade üppig. Ich schaue lieber noch einmal nach.

Im Wasser

Die Luft und das Wasser laden zum Schwimmen ein, ja noch viel mehr als Schwimmen, Tauchen. Sich wie eine Robbe im Wasser bewegen, im Wasser zu Hause sein, ins Wasser als dem eigentlichen zu Hause zurückkehren. Ich stehe auf den Bootsplanken. Die niedrige, weiß gestrichene Eisenreling ist eine leicht zu überwindende Grenze zwischen dem zivilisierten Hier und der Bestimmung, der Entspannung, dem Ausgelassen-Sein, dem vollkommen mit dem Klaren, Fließenden und Frischen Verschmolzen-Sein. Noch zögert er.

Es ist das Eismeer. Das kleine Ausflugsboot schwimmt auf der glatten Meeresoberfläche. Der Motor ist ausgeschaltet. Es ist ein leichtes Dahingleiten oder einfach nur auf dem Wasser Ruhen. In einiger Entfernung treiben Eisklumpen auf dem Wasser, kantiges, aufragendes Weiß an der Grenze von dem, was sich darunter ausbreitet, verbirgt und ineinander fließt. Noch ist er unentschlossen.

In dieser Unentschlossenheit liegt pure Gewissheit, von dem kalten Strom aufgenommen zu werden und sich ihm vollständig zu überlassen. Sein Körper taucht ein und das, was Vorstellung war, erfüllt sich. Er wird ununterscheidbar mit dem, was ihn umgibt, ist selbst eiskaltes Wasser. So aufgesogen und erfrischt ist er voller Kraft, ungreifbar und unangreifbare Kälte. Er nimmt sie in sich auf, unzerstörbar wie das, von dem er Teil geworden ist. Seine Umrisse sind geschmiedetes Eis und doch ist sein Körper geschmeidig wie das Wasser um ihn herum.

Etwas stimmt nicht. Große, schwarze Lebewesen erscheinen aus der Tiefe und bedrohen das Boot. Die Eisenhaut des Rumpfes wird die Gäste nicht schützen können. Er geht besorgt an der Kajütenwand vorbei. Auf dem Bootsheck erstreckt sich ein offener Essbereich, nur ein paar Meter, überdacht, ein Frühstückstisch mit vier Stühlen. Die Familie ist gerade beim Frühstücken. Sie ahnen nichts. Er geht an ihnen vorbei auf die andere Seite des Bootes.
Hinter der Reling tauchen die mächtigen, stromlinienförmigen Körper auf, die Köpfe rund und stumpf, wie sie übergangslos in die Leiber übergehen. Eine große Gestalt in der Mitte mit schrundigem Kopf und zwei kleinere, die sie auf beiden Seiten flankieren. Sie durchstoßen die Wasseroberfläche nicht, die sich unter ihnen auf- wölbt, nachdem sie unter dem Bootsrumpf hindurch geschwommen sind. Die riesigen glatten schwarzen Leiber schieben sich immer dichter gegen den Wasserspiegel und durchbrechen ihn nicht.
Dieser hauchdünne Film wird uns schützen. Und so straff und fest er zu sein scheint, so ist auch ihre Haut, undurchdringlich, tiefdunkel und in ihrer Straffheit, ihrem Überspannen dazu bestimmt, verletzt, durchstoßen, zerschnitten zu werden. Eine

Oberfläche unter der Oberfläche und in der Oberfläche.

Sie lassen sich in demselben bogenförmigen Schwung in die Tiefe gleiten, in den unermesslichen, undurchdringlichen Raum voller Dunkelheit. Ein Zeichen, eine Warnung, diese mächtigen Körper. Sind wir sicher?

In der Gischt

Der Körper neben mir entschwindet ins Ungewisse. Ich weiß nicht, bin ich auf dem Wasser, dicht über dem Wasser oder schon auf dem Strand? Um mich herum ist es düster von schweren Wolken. Das Wasser des Meeres wird aufgepeitscht von unglaublichem Zerpflügen und Dahinschießen. Ich muss mich unbedingt noch einmal vergewissern, bin ich nicht im Wasser oder schon unter Wasser, selbst dunkelgrau zerzaust wie das Ununterscheidbare um mich herum?

Das Meer wird durchgewalkt von Windstößen und Wolkenfetzen, die herabstoßen, dunkelgraue Wolkenscherben, Wolkensplitter, in die Tiefe gezerrt und von weiß aufstrahlender Gischt besudelt. Das Ineinandergreifen von kämpfenden Luftfäusten, Wasserellbogen, Sturmleibern. Wellenschnäbel zerkreischen und zerkratzen den zerschundenen Luftkreis. Gischtgebirge zertollen, zertoben, zertosen die verängstigten Unwetter. Eine Luftwalze stürzt mit einem Schlag, ein riesiger Amboss, in die scheinbar schutzlosen Wogen. Doch was kann sie ihnen antun? Das Meer bäumt sich auf, stemmt sich, ein grober, wüster Koloss, dagegen und zerbrüllt das Firmament.

Stöße, Schläge, Hiebe. Was sind Schaumtropfen? Was sind Luftseufzer? Was sind Sandschlacken? Anthrazit fährt dazwischen, tiefgraues Licht, und wirbelt Wasser in die Höhe. Wo ist oben, wo ist unten? Die himmlische Stanzmaschine, vollkommene Leere, zerhämmer eisenhart den Meereskörper. Der bäumt sich auf und schleudert seine Wucht in die aufschreienden Luftleiber um sich herum, zerwühlt, zerfurcht, zerborsten.

Leuchtende Strahlenwände, Wände von Schwefelgelb, Nachtgrau, Lichtschwarz, Schaumkronenweiß schießen durcheinander und ineinander, zerbrausen, zerbrechen und zersplittern, geiferndes Grüngrau, bröckelndes Schlammrot, entleertes Finsterumbra, hämmerndes Tiefanthrazit. Die stechende Kälte kriecht unter die Kleidung, zerrt an der Haut und dringt tief in mein Fleisch. Als ob sie es so erneuern könnten.

Tanz im Minirock

Wie hat alles angefangen? Jetzt, hier am Hang jedenfalls, provoziert er mich. Mit Kissen, dicken Kissen, die er mir ins Gesicht drückt. Eigentlich, um mich den Hang hinunter zu drücken, ein typisches Männerspiel. Das soll ein Spiel sein, hah! Es ist ein kahler Hang, vereinzelt ein junger, verzweifelt nach oben gereckter Baum ohne Laub. Zur Tiefe hin wird er steiler, so steil, dass er fast senkrecht abfällt. Wir aber stehen hier oben am Rand der Kuppe. Er rennt hinter mir her, um mich mit dem Kissen zu erwischen. Klar, dass ich, so gut es geht, versuche ihm auszuweichen. Halte es mit den Händen auf Abstand, laufe weg, drehe mich um, halte ihn ab, laufe weiter. Er hinter mir her, in der einen Hand das Kissen, in der anderen bedruckte Schreibblätter, Texte. Sie wedeln herum, während er sie unkontrolliert herumschlenkert.

Warum hält sie ihn nicht ab? Steht nur daneben und schaut zu. Sie könnte eingreifen, etwas sagen. Natürlich kann ich mich wehren, auch ich bin flink. Doch sein drahtiger, kräftiger Körper hat schier unerschöpfliche Energie. Wieder versucht er, mich in die Tiefe zu drücken, und er verfolgt mich weiter, lässt nicht von mir ab. Ich kann ausweichen und habe wieder Höhe gewonnen. Wo sie steht und unser Treiben verfolgt, ihr Blick interessiert. Er lässt ab von mir.

Wir sitzen um einen Holztisch herum im Freien. Hinter dem Tisch rankt sich eine Birke in den

Himmel. Sie spinnt ihre Blätter ins Nichts, hellgrüne Blätter, die sich sich im Sonnenspiel weit über uns kräuseln. Wir sind zu fünft, er führt das Wort. Wieso eigentlich er? Er hat hier nicht das Sagen. Glatte, helle Haut über muskulösen Armen und Schultern. Weiche, elastische Muskeln unter straffer Oberfläche. Dann wirken seine Glieder filigran, fast zierlich. Immer noch der überbordende Schwung. Ein fast schon knochiges Gesicht, so weit das geht bei der aufgefüllten Jugendlichkeit. Klare, schneidende Stimme.

„Wir können nicht alle Texte nehmen. Wir nehmen die kurzen, prägnanten."

Er deutet auf die Gruppenmitglieder, die neben mir um den Tisch sitzen. Sowieso wird sein Reden schon fast von wildem Gestikulieren begleitet, das aber immer kontrolliert wirkt.

„Du, du und du! Ihr habt die Texte. Sie sind gut. Wir können sie nehmen. Die langen Texte gehen nicht."

Er spricht klar und fest wie ein Gesetzestext während einer mitleidigen Wendung zu mir.

„Das macht nichts. Wir haben diesen und jenen Text. Damit können wir arbeiten. Die können wir besprechen und behandeln. Es ist alles gut. Mit diesen Texten arbeiten wir."

Der Seitenblick trifft mich unter der Düsternis seiner knochigen Brauenwülste.

„Natürlich können wir uns überlegen, andere Texte zu berücksichtigen. Texte über Restaurants, Texte über Feuerwehrleute oder Theatergruppen."

Er spielt auf meinen letzten Text an, ein längerer Text. Er versucht, mir die Illusion zu geben, mich nicht ganz auszugrenzen. Eigentlich ein schöner Text, mit dem ich ganz zufrieden war. Die Anlage war gut, ich hatte auch ein paar sprachlich gute Wendungen gefunden, ein paar interessante Betrachtungen herausgearbeitet. Ja, ich bin zufrieden mit dem Text.

Ich merke, ich werde unruhig. Er spricht und spricht und keiner traut sich was zu sagen. Und es stimmt auch so nicht, was er sagt. Ärger mischt sich in meine Gedanken. Allein sein Redeschwall macht mir Beklemmungen und ich fühle mich eingeschüchtert, den harten Klang seiner Stimme, fast ein Stakkato. Der bestimmende Ton nervt, eigentlich sind es doch schon Anweisungen. Da wird nichts zur Disposition gestellt. Aber ich muss mich überwinden und ich überwinde mich.

„Ich glaube schon, dass wir auch längere Texte behandeln können. Wir müssen sie ja nicht seitenweise vorlesen. Wir könnten über das Ziel des Textes sprechen, über Motive, Figuren, Handlungsverläufe. Wie werden diese Anlagen verfolgt und umgesetzt? Aufbau, Dialoge. Selektiv könnten wir dann Textausschnitte lesen."

Zuerst stocke ich noch beim Reden, dann kann ich mich Stück um Stück befreien. Ich spreche immer flüssiger und entkrampfter. Während er mich aus der Tiefe des Schwarzes seiner Pupillen finster fixiert. Sein Haar ist lang, es scheint mir länger als zuvor, dunkelblond mit hellen Strähnen.

In weitem Schwung fällt es über seine Schultern und sogar noch tiefer herab. Das vorgewölbtes Pony täuscht nur Sanftmut an. Ich merke, er hält es kaum aus, mir zuzuhören, und steht schlagartig auf. Enger Jeansrock bis knapp über den Po, darunter kräftige, nackte Oberschenkel, in denen es vor Anspannung zuckt. Der Tanz eines Vogels. Er macht ein paar stolzierende Bewegungen hinter die Bank, zuerst in die eine Richtung, dann wieder zurück. Unter der Birke, in der das Licht flackert, die das Licht einfängt wie einen Schmetterling.

„Ein paar Worte hier, ein paar Worte da."

Seine Stimme gluckst, die Laute fallen ihm wie Perlen aus der Kehle, Perlen des Spotts.

„Dies hier kann nichts, das hier tut nichts, dies hier wird nichts. Kommen wir hierhin, kommen wir dorthin. Sagen wir so, sagen wir anders."

Ich wusste gar nicht, dass es jetzt Männermode ist, Frauenröcke zu tragen, ja sogar Miniröcke. Aber es stimmt. Hier und dort auf der Rasenfläche um uns herum muss ich es schon gesehen haben. Der Rock ist geradezu furchteinflößend. Der Kranichtanz hinter dem Tisch hört nicht auf, fast wie ein Beschwörungsritual mit kräftigen, zuckenden Schenkeln, die nach oben schießen, höhnischen, abgehackten Wörtern, die aus seinem schmallippigen Mund torkeln.

„Er weiß nichts, er kann nichts. Wörter hier, Wörter dort. Diese Wörter sind nichts, keine Wörter."

Auf der Suche nach Edna

Wo sollten nochmal die zwei Musiker sein? Es waren doch Musiker oder waren es Literaten? Könnte auch sein, vielleicht färbt da mein Interesse für Literatur ab. Aber es sind doch eher Musiker. Ich habe ihre Namen und Anschriften und bin extra in die fremde Stadt gereist, um sie zu treffen. Der Check-in im Hotel, einem Holzbau am Hang, war problemlos. Das Gebäude ist nur zwei bis drei Stockwerke hoch, hat weiße Schiebefenster und ist verschachtelt gebaut wie in einem alten französischen Film.

Die Namen waren Edna und, wie hieß der Mann nochmal? Es fällt mir sicher gleich wieder ein. Und ihre Adressen? Ich habe sie auf ein Stück Zeitungsrand geschrieben. Egal, ich finde auch so den Weg, auch wenn ich mich nicht richtig auskenne. Dahinten die Straße mit den aufgewölbten Gehwegen entlang, die Richtung stimmt schon. Und die Straßennamen? Kann ich nachgucken bei Bedarf. Ich weiß schon, wie ich laufen muss.

Ich komme durch eine hügelige, eng bebaute Gegend und vermeide die Durchgangsstraßen. Hier auf den Fußwegen und durch die Hinterhöfe hindurch ist es schöner. Die Mietshäuser verteilen sich über die Fläche und auf dem Boden wuchert Unkraut. Der Weg ist aus Pflastersteinen gebaut und er wird von jungen Bäumen gesäumt. Die in die Landschaft gesetzten Würfel der Häuser bestimmen den Verlauf des Weges. Er führt um Ecken herum bergauf und bergab, um zuletzt steil anzusteigen. Hier fließt ein schmaler Bach flankiert, der ihn flankiert. Ich fühle mich wohl hier. Der Weg wird schon stimmen.

Oben mündet er auf eine breite Autostraße. Hier in der Nähe muss es sein, die Gebäude kommen mir bekannt vor. Aber wo muss ich noch mal genau hin? Zwei junge Männer laufen vorbei. Sie können mir sicher helfen, sie machen einen fitten Eindruck. Die Stadt ist ja nicht groß, vielleicht kennen sie meine Musiker ja auch. Andrerseits sind sie auch nicht so bekannt. Mit der Adresse werde ich sie schon finden.

„Entschuldigung, ich suche, suche…" Ich krame mit der Hand in der Hosentasche nach dem Zettel. Einen Zettel kann man das nicht mehr nennen. Er hat sich in Einzelteile aufgelöst vom vielen Hervorholen und Auffalten. Er war schon das letzte Mal brüchig zwischen meinen Fingern. Eigentlich sind das nur noch kleine Papierfetzen.

„Kein Problem, da musst du nur da runter laufen. Ja, wir kennen sie, aber wir haben sie noch nie getroffen", sagt der eine und sein offenes Gesicht verwundert mich. Sein Kinn ist von einem dunklen Bart umwuchert.

Die Musiker wohnen nicht zusammen, der Mann wohnt doch am Ende der Straße, wenn ich mich recht erinnere. Und Edna nochmal?

„Das ist gerade hier. Am Anfang der Straße. Haus Nr. 1. In diesem Hotel", meint der Bärtige.

Dieses Hotel. Ich schaue genau hin und eine Ahnung überkommt mich. Es ist mein Hotel. Ach, ist doch schnuppe, Hauptsache, ich habe sie gefunden. Ich will noch einmal genau schauen. Das Hotel kommt mir doch fremd vor, die Fassade, die Vorbauten, die Fenster. Aber nein, es ist eindeutig das Hotel. Ich laufe darauf zu, der Eingang liegt auf der Rückseite.

Sich verschwenden

Das andere kleine Mädchen und ich spielen im großen, alten Gebäude. Die Gänge ragen hoch und fensterlos empor und unsere Füße berühren den glatt gewetzten, braunen Linoleumboden, die Flure sind verwinkelt. Wir spielen dort in einer Ecke und sind in unser Spiel vertieft. Wir denken uns etwas aus und spinnen es weiter. Es kommt etwas Neues, Unerwartetes, Besonderes dabei heraus. Etwas, über das wir uns freuen. Das wir aber auch vorzeigen wollen.

Der jungen Frau. Es ist heikel. Eigentlich möchte sie nicht gestört werden. Aber unsere Begeisterung und unser Vertrauen, dass sie uns nicht zurückweisen wird, siegen. Wir laufen durch den verwinkelten Gang zu ihr. Unsere hellen Kleidchen wehen im Rennen um unsere schmalen Beine. Wir klopfen an die hohe Tür. Sie öffnet sich. Ein großer, fensterloser Raum. Niedrige Tische und Stühle. Andere Kinder im Raum, an den Tischen spielend. Eine ruhige, gelöste, selbstvertiefte Atmosphäre.

Und dann sie, dunkelhaarig. Enges, schwarzes Kleid bis zu den Knien. Eine schlanke, kräftige Figur. Helle Haut. Markantes Gesicht. Sie weist uns nicht ab. Sie weiß, was wir wollen. Und gewährt es uns. Wir dürfen zeigen, was wir entdeckt haben. Ein Spiel. Eine Vorführung. Etwas Gebasteltes. Es ist ein wunderbares Gefühl, dort wieder einzutauchen, in das gemeinsame Spiel. Es mit den anderen zu teilen. Es zusammen zu genießen. Und ja, es wird gewürdigt. Es gefällt. Auch ihr. Das ist uns wichtig. Ihr und den Kindern. Die Vollendung. Erfüllung.

Das Mädchen und ich laufen wieder aus dem Raum heraus. Wir laufen zu unserer Ecke in den Fluren. Spielen weiter. Tüfteln im Spiel. Spielen eigentlich. Was sich daraus entwickelt? Es geht Hand in Hand. Ein Spiel, das sich aus sich selbst heraus entwickelt. Ohne Zwang. Ohne Druck. Wir kennen ja das Ziel nicht. Wir können nicht darauf hinarbeiten. Es entwickelt sich von allein. Es überrascht und beglückt uns selbst. So schön ist es, was entsteht. Gespinste zwischen unseren Fingern. So flüchtig. Und so unwiderruflich. Wir halten sie sicher in unseren Händen.